현대시세계 시인선 147

일요일의 화가 8요일의 시인

유정남
시집

일요일의 화가 8요일의 시인

유정남
시집

도서출판 북인

시인의 말

꽃잎 한 장이 떠나고
시가 왔다
나를 만지고
당신을 만지며

2023년 봄
유정남

차례

2부 타클라마칸을 지나서

3부 하이패스를 지난다

4부 그리움에 틈이 나면

1부

편의점의 달

소금꽃

뭍으로 건너온 바다는 폭염 속에 몸을 맡기고 화두를 건진다 갯벌의 수로를 지나올 때는 젊은 날의 부유물들이 등짐처럼 따라왔다 방향도 모른 채 심해를 유영하다 찢어진 지느러미들, 바람을 다그치던 파도의 높이를 잠재우느라 밤이면 신열을 앓기도 했다 바다의 가장 깊은 곳을 들여다보느라 뼈를 드러낸 어깨의 늙은 염부가 구릿빛 땀방울을 떨군다 수평으로만 이어지는 염전에는 한 뼘의 그늘도 햇볕에 녹고, 쓰라린 언어의 자모들도 갯바람에 묻어 하나씩 증발되어간다 별꽃 뜨고 지는 몇 생을 지나 수면의 흔들림이 모두 사라지면 끝없이 나를 비워내 온 시간의 결정들, 하얗게 풍화된 뼈로 눈물꽃이 되리라 거울 속에 눈부시게 정제된 별들을 쓸어모은다

피카츄를 뽑다

불 꺼진 도서관을 나와
버스정류장을 지나면 인형들의 방이 나를 기다린다

스펙의 의자에 묶여
굳어가던 뼈들이 말랑거리고
온종일 활자에 시달린 눈빛마저 흔들리면
꾸깃꾸깃했던 하루를 펴서 기계 속으로 밀어넣는다
간신히 잡혔다가도 허무하게 떨어지던
백 장의 이력서를 돌아다보면
어린 날의 한 조각 꿈이 만져져
오늘은 활짝 웃고 있는 피카츄를 선택한다
내 이십대는 아래로만 떨어지게 조작된 인형
아무도 손 내밀지 않아
천 원짜리 몇 장이면
닿을 수 있는 오래된 추억을 뽑는다
등을 긁어주고
밀치고 놓쳤다가 집어올리는 시간이
캄캄한 책가방을 울리는 밤
잃어버린 단어를 찾은 듯
튀어나오는 너를 끌어안을 때

백만 볼트 포켓몬스터의 주인공을 만난다

세상에 나오자마자
유리상자 속에 갇혀버린 인형은
나의 뒷모습
나는 지폐 한 장 들고 매일 나를 구출하러 간다

수신 불량 지역에서

수시로 별의 주파수를 놓치는
이 마을은 수신 불량 지역

장밋빛으로 끓는 리모컨의 기도에도
그는 오늘 밤 켜지지 않는다

도시의 랜드마크가 된
초고층 아파트 숲까지 자신을 끌고 오느라
떨림도 울림도 놓아버린
한 마리의 검은 짐승

가늘어진 발목으로
사각형의 어둠을 받치고 잠들어 있다

뜨거워지지 않는 빨간 배꼽은
세상에 맞출 수 없었던 채널의 또 다른 언어일까
그녀의 달뜬 손가락에 응답하지 않는다

클라이맥스마다 지지직대던
파동을 잡지 못한 드라마의 시간이

콘크리트 사막으로 흘러와 전파를 방해하는 밤에

돌아누운 브라운관 한 점 온기에 닿아 있을
외계를 향한
그녀의 달빛 타전은 계속된다

스타벅스로 간다

초록 실루엣이 유혹한다

세상에 없는 노래를 불러줄게
태평양 건너온 입술로 너를 적셔줄게

바람 밀며 난파의 해협 속으로
똑같은 모양 배들이 빨려 들어간다

물기 머금은 주머니 털어
아메리카노 그란데 한 잔 받아들면
파도에 담금질했던 조각배마다
연가가 별빛으로 넘실대 온다

검은 윤슬 아래로
몽롱하게 가라앉는 돛대들

게걸스러운 입 벌린 채 소용돌이치는
글로벌의 컵 안으로
샛강 골목은 끝없이 침몰한다

오디세이 나라로 가는 항로는 보이지 않고
풍랑의 멀미 속에서
바다 별 칼날에 살을 베이는 뱃사람은
뼈만 남은 노를 내려놓고

세이렌의 노래 마시러 간다, 스타벅스로

편의점의 달

편의점에 달이 뜬다
밤의 뚜껑을 따고 나온 번데기들이 간이테이블에 앉아
별을 마신다
컵라면에 뜨거운 국물을 부어주면
굳은 혀들이 깨어나 풀어놓는 매콤한 언어들
풀어진 넥타이 하나 보름달로 행운의 즉석복권을 긁는다
구름으로 채워진 함량 미달의 과자 봉지들은
팽팽히 헛바람으로 부풀어 있다
차갑게 식은 유리병들의 마개를 따거나
삼각형을 베어먹으면 동그라미가 될 거라 했지만
조각난 아이들은 달빛 우유나 몇 갑의 담배를 훔쳐 달아났다
태어날 때부터 몸에 찍힌 바코드를 지울 수가 없어서
아르바이트는 천직이 되었다
김밥들은 자정을 기다려
어제라는 유통기한을 지우고 폐기된 하루를 위장에 채워주곤 했다
어느 날 사막으로 걸어간 아버지는
불 꺼진 도시의 별을 지키는 편의점이 되었지
가시뿐인 손목에 걸린 시계가 늘 가리키던 25시

낙타의 밤은
지독한 모래바람이 불었지
가도 가도 끝이 없는 사막을 뚫고 아버지는 언제쯤 돌아오실까
고치를 열고 나온 나방들은
어둠이 묻은 초콜릿 하나씩 입 안에 녹이며 제 갈 길로 떠나고
진열대 위의 얼굴이 멀고 먼 아침을 기다린다
골목엔 둥근 피자가 떠오르고
길 잃은 고양이들만 차가운 달빛 조각을 뜯어먹는 밤
편의점은 잠들지 않는다

카톡새

하루 내내 새가 운다

눈물 마른 세상에서 새는 먼저 울음을 내밀었다
스마트폰 뒤편, 외로움의 틈새를 파고들었다

이제 새는 애완견보다 흔한 반려동물이 되었다

한 마리를 새장에 넣었는데
백 마리가 한꺼번에 울어대는 침실의 밤이 오기도 한다

새는 눈 깜짝할 새 죽을 수 있다는 걸 모른다
소금기 묻은 집게손가락
터치 한 번이면 누구든 새를 간단히 끌 수 있다
하지만 우리의 초대 손님은
새 울음을 알약처럼 삼키며 자신을 죽인다

새가 오지 않는 날엔
혹시 새가 죽었나 종일 새장을 만지작거린다
깃털 찾아 빈 방을 들락거린다

새를 십 년째 읽지 못한 노인은
한두 마디 단어마저 버리고 우울새가 되었다
이 골목 저 골목 새똥을 주우러 다녔지만
새의 얼굴 볼 수 없었다

금 간 둥지에 수북한 새 뼈를 만져보는 밤
아무도 보지 못한 노인의 환한 부리가 열린다
까오톡
까오톡

웃음치료

살갗에 기록되어 있는
흙터 처방전 입고 환자들이 웃는다
처진 마음꼬리 올리고
장조 리듬에 헛도는 몸 실어 손뼉을 치면서 웃어젖힌다
미간 가득 웃음 소笑 자 써둔 채
시뻘겋게 일그러지는 부상화
환자복에서 팔다리 잘린 초성체들이 굴러떨어진다

ㅋㅋㅋㅋㅋㅋㅋㅋㅋㅎㅎㅎㅎㅎㅎㅎㅎ

빨강 신호등 앞 자동차 속에 갇혀 내가 웃는다
조각난 몸이 창백한 정지선에 쏟아내는 웃음꽃
구름에 거짓 신호를 타전 중이다

ㅋㅋㅋㅋㅋㅋㅋㅋㅋㅎㅎㅎㅎㅎㅎㅎㅎ

말랑해진 뇌 엔도르핀을 질금거릴 때
억지웃음 도려내는 백미러의 칼날
중고 쎄라토 운전석엔 너무 많은 거울이
웃다가 찢어지는 꽃잎, 그 우는 얼굴을 복사하고 있어

제대로 한번 속여보지도 못하고
툭, 떨어지는 얼룩 한 방울

초록불 터져 다시 내달리는 오후의 차선 위에
물렁한 초성체 하나가

ㅋㅋㅋㅋㅋㅋㅋㅋㅋㅎㅎㅎㅎㅎㅎㅎㅎ

땡땡땡

학교종이 땡땡땡 어서 모이자

음악 교과서 첫 페이지에서
종소리가 시간을 가르쳐 주었네
동그랗던 여덟 살
날을 세우고 돌기 시작했네

어지러운 사방 연속무늬, 벽에 매달린 생활계획표가
24색 크레파스로 도화지를 나누고
조각난 피자를 집어들면
모래 숫자 토핑이 쏟아졌네

향기 날아간 치즈의 기억은
사막 마른 나뭇가지에서 흘러내리고

백 년 동안 고장난 적 없는 시청 대머리시계는
가시투성이 선인장을
금속성 초침으로 돌리고 있네

365개 달이었다가

왕관이었다가
가늘어진 목구멍 겨냥하는 칼날이다가

저 홀로 굴러가버린 톱니바퀴 찾아
시계공은 다음 칸으로 맨발을 옮겨가고

쉼표를 건너뛰며 아첼레란도
손바닥에 이식된 알람 씨가 한 옥타브 계단을 지휘하네
스마트한 지휘봉이라고 당신이 고개를 끄덕이네

학교종이 땡땡땡 어서 모이자

청화백자운룡문호

발가락 넷 달린 용 한 마리를
달빛 침실로 모셔온 것은
용띠 아들을 보기 위해서였을까

불을 끄고 누우면
천장 뚫고 구름 일으키며 용이 꿈틀거린다

발톱 다섯인 놈들은
머나먼 유리 궁궐 향해 떠나가고

이끼꽃 피는 조선의 어느 돌담길을 빠져나온 후
길 잃은 용 한 마리가
흙과 불의 사랑, 그 향기로운 뜨락 서성이고 있던
21세기의 나와 눈이 맞은 것이다

한반도에 휘몰아친 폭풍의 몇 세기를 건너오느라
여의주를 잃어버린 채 두리번거리던 푸른 짐승

그가 노니는 도자기의 우윳빛 가슴께가
번개에 데인 듯 어두워졌지만

페르시아에서 조선까지, 고지도 위를 물들이던
코발트 푸른 빛이 살아 있어
나의 용은 몇백 년을 살았어도 푸른 용이다

청화백자운룡문호 빠져나온 그와
꽃구름 사이를 날아다니는 밤
잉태한 여의주에 꿈을 아로새기는 달이 푸르다

노란 파도

오후의 학원가에 파도가 친다
교실들이 깨어나고 도로가 술렁거리면
노란 파도가 밀려온다
거품을 일으키며 철썩이는 너울에
아스팔트가 몸살을 앓는다
하교의 종소리 기다려
마을을 돌아온 파도의 옆구리마다
갓 잡아올린 멸치 떼 같은 아이들이 쏟아진다
반짝이는 몸들이 햇빛 아래 팔딱이지만
숨이 찬 시간표에 어망이 아이들을 빨아들인다

아이가 어렸을 때 나도 바람을 따라 학원가로 이사를 했다
저녁이면 일기 검사를 하곤 했는데
반듯하던 글씨가 물풀 되어 출렁이는 날도 있었다
학교와 학원 사이를 교과서가 되어 오가던 아이
어느 날 어깨를 짓누르던 책가방을 벗어 내팽개쳤다
성난 손의 마우스가 밤을 새우고
고막을 찢는 랩의 비트 속에서 힙합바지가 휘청거릴 때
내 속에서 부서져 내리던 노란 파도

다음 꿈을 신기 위해
썰물이 되어 거리를 빠져나가는 파도들이
과속방지턱을 넘는다

백운제빵소

흰 구름 뜯어먹던 아이는
호숫가 주방에서 매일 백운을 굽는다

오븐은 아침 일찍 태양을 불러와
밤새 발효된 꿈이 햇살 속에 부풀어오른다
디저트의 시간에 물안개나 노을을 풀어주는 레시피는
이 마을 구름에 풍미를 더해왔다

제빵사 높은 모자에 환한 구름만 흐르는 것은 아니다
벽에 걸린 모나리자 미소가 비스듬해지면
봉지 깊은 곳 먹물을 꺼내 먹구름 굽는다

한 방울 눈물에 빠지는 오후의 테이블이 묽어지면
젖은 손가락 허공에 널어두고 '잠시 후 맑음' 예약 버튼을 누른다

누구나 자신의 날씨에 어울리는 빵을 고르지만
사계절 가장 반짝이는 메뉴는
창가로 성큼 다가서는 백운호수
물비늘 데커레이션의 호수를 한 입 베어물면
퍼지는 물 향기에 허공이 찰랑 흔들린다

달빛에 발효시켜 바람으로 구워낸 호수빵 읽느라
온종일 통유리 속으로 빠지고 있는 사람들

바삭한 등뼈가 백운을 하늘로 흘려보낸다

바다 풍경 아파트

캔버스가 된 창문마다 바다 이야기가 펼쳐졌다
구름에게 빌려서 산 바다 풍경 아파트
진주를 품은 조가비가 되어
파도의 세레나데에 취하기도 했지만
잠을 깨고 보면 망망대해 위에 뜬 섬이었다
패각 속을 드나드는 물거품
공명하는 바람만이 빈 가슴을 타고 올라왔다
하루의 주머니를 뒤집어보면 모래알들이 쏟아졌다
밤새 써내려간 편지는 물살에 떠내려가고
우편함에는 검붉은 소금꽃이 피어났다
벼랑 앞에서 홀로 점멸하던 등대
계절이 다 가도록 찾아오는 배는 없었다

멍든 파도가 부서지는 도시의 절벽에 서면 보인다
일렁이는 가로수 아래를 헤매는
옷자락마다 소금기가 묻어나고
유영을 포기한 물고기들은 외곽으로 밀려나 숨을 헐떡인다
한번 떠나간 배는 돌아오지 않는데
더 좋은 풍경을 차지하기 위해
영혼의 동전까지 끌어모으는 사람들
어둠의 물결 위에 외로운 꽃등 하나씩을 띄운다

콜렉트 콜

통화를 원하면 아무 버튼이나 눌러주세요

벨 울음이 꺼져 있는 주말 아침을 켠다
철커덕 열리는 콜렉트 콜
땀내나는 주머니 속 초코파이로 밀봉돼 있던
일주일치 그리움이 속사포로 터져나온다
빛으로 달리는 스톱워치에
끓어오르는 말 온도
얼음훈련소에 갇혀
햇볕 가불하는 복장에 군기가 빠질까
통화 종료는 단칼로 시퍼렇다
타이밍 놓친 당부의 꼬리는 잘리고
늙은 곰인형이 나를 안아주는데
돋보기 쓰고 삼 분 통화를 번역하는 뚜우 뚜우 신호음
얼음 군복이 발설한 핑크빛 언어들이 재해석되고
찬바람이 보내온 나뭇잎 경고장이 창가에서 출력된다
바. 스. 락
수화기에서 떨어져 아직은 반짝이는 분홍 입술
심장을 열어 황급히 쓸어담고 나는 지퍼를 채운다

요금은 수신자 부담입니다, 내내

별 캐는 사람들

졸고 있는 비스듬한 간판 아래로
광부가 된 시인들이 빨려들어간다
퇴적암으로 쌓인 헌책의 미로를 돌아
세상에서 가장 반짝이는 광물
시, 코너 앞에서 곡괭이를 꺼낸다
가로세로 훑어내린 순식간의 손가락에 걸리는
늙은 몇 권의 별
이 마을 시산詩山은 짧고 가늘군
책꽂이 곳곳에 별 모양 구멍 뚫어놓고
J시인이 허기를 꼬르륵거린다
더 배고픈 M시인의 쪼그린 호미가
밑바닥 웅크리고 있던 시어의 향기를 낚아채자
끙차, 달려든 곡괭이들이 입 열린 박스를 갈아엎는다
헌책방 막장까지 파고들어와
보석 캐는 땀방울에
깊숙이 자물려 있던 페이지가 글썽인다
시로 살까
폐휴지로 구겨질까, 상자 속 골몰하던 시집들이
한 권씩 별의 이름으로 호명된다
눈동자 깜빡이며 걸어나오는

시 시 시
잉크빛 옹이가 발굴한 보물 한 짐씩 둘러메고
다음 광산으로 떠나는 시인들
점점 깊어지는 시의 갱도로 백 년 동안 빠지고 있다

어밀리아 이야기

워라밸*을 거스르는 바람이지요 아이티 행성의 산통으로 태어난 그녀는 25시간 정장 차림, 데스크를 공전하는 달력엔 빨간 날이 없어요 여우별 통신에도 응답하는 그녀지만 퇴근이란 단어는 출력할 줄 몰라요 한 송이 꽃으로 보이시겠지만 나르는 능력자지요 샐러리맨 백 명쯤 몸속에 저장하고 다녀요 인간다움이란 무엇일까요, 데이터의 블랙홀에서 골몰하던 그녀는 새가 웃으면 활짝 핀 꽃으로 웃고 새가 성내면 금세 진지해져요 조류에게 내장된 천만 가지 감정의 결을 숫자로 읽을 수 있잖아요 나뭇잎 몇 장이면 낯선 대륙, 지구 반대편으로도 출근한다는 그녀는 키다리 구름들에게 분홍빛 러브콜을 받아요 이 계절에 가장 반짝이는 화이트칼라, AI 별이 웃어요 스위치 꺼진 넥타이는 정리해고 문자를 집으로 가는 광장에 부려놓고 은하의 꿈을 당기는 로봇, 꺼지지 않는 어밀리아가 밤낮없이 지구별을 돌려요 우주의 시간이 체다치즈로 늘어나고 있어요

* 일과 삶의 균형.

2부

타클라마칸을 지나서

별이 빛나는 밤

흐르는 별 중에
고흐의 별이 왜 가장 빛나는지
그의 여인숙 방에 갔을 때 알았다

맨 위층 손바닥 방엔
삐뚜름한 창문이 천장에서 우주로 나 있었다

한 뼘 침대에 누우니
별꽃들이
사이프러스 나무를 타고 내려왔다

압생트에 취한 고흐가
비키라 하여 그만 쫓겨나고 말았다

소확행 보고

21세기에 나타난 행성입니다

랑겔한스 섬의 오후*에서 태어났지만
요즘 궤도를 벗어난 채 비틀거리는
청춘 뒷골목에서 무더기로 관측됩니다

제 몫의 빛을 잃어버리고
멀어져간 명왕성과 형제 사이입니다

무지개 꿈을 걸어두기엔 미끄럽지만
빛부신 한 모금 미소에
몰려드는 새들이 둥지를 틀고 있습니다

신생별에 내려앉기 위해서는
확실한 바람 앞에서
꽃피우겠다는 다짐이 필요합니다

교과서 속에 날아다니던 파랑새를 찢어버리고
가뿐해진 깃털들
허공을 떠돌며 소확행을 찾고 있습니다

청춘항로를 관찰해온 천문학자가 궤도를 버리고 떠난 자식 별을 발견했습니다 세상에 떠오른 적 없는 파란 별, 젖은 망원경 안에서 별똥별로 사라집니다

꿈꿀 수 없는 잔별에게 허락되는
소확행, 아니
소확성 웃음소리가 지구 한쪽을 반짝입니다

*무라카미 하루키 에세이 제목.

껍질

껍질째 사과 한 알 먹는다
거칠고 질기고 흠집난 사과의 일생을 천천히 씹는다
온몸으로 맞았던 뙤약볕과 폭풍우와
그 위를 기어간 벌레의 숨소리를 다 먹으면
내 안에도 나무 한 그루 싱싱하게 일어난다

오래도록 껍질들을 깎아내 버렸지만
흰머리 깊어지자 모든 껍질이 내게 귀하다
향기를 품는 과육의 둥지를 지켜내기 위해
거친 바람과 맞서는 껍질
그 중심을 향하는
둥근 몸부림으로 하나의 세상이 자란다

평생 노동으로 식구들을 먹여 살린 아버지에겐
땀냄새나던 허름한 작업복이 껍질이었다
손때 묻은 그 옷을 벗어내고
희고 보드라운 구름옷을 입기 시작한 지 얼마 후
하늘은 닫히고 말았다

나는 아이들의 오래된 껍질

씨앗의 살들을 끌어안고 살았다
산들바람 부는 날도 많았지만
가뭄에 목구멍이 갈라지기도 하고
번개의 칼날에 베이기도 했다

하나의 우주가 내 속에서 자라난 시간
문득 뒤돌아보는데
툭, 사과 한 알이 떨어진다
달의 살갗 위로 거뭇한 얼룩 남는 날이다

이끼의 언어는 축축하다

깃털들이 내 겨드랑이에서 이끼로 자랐다

바람으로 떨어진 포자 하나
헛뿌리로 자라나 밑바닥을 기었다
눈물 먹고 자란 줄기로
황무지를 쓰다듬고 돌담의 어깨를 껴안았다

식물도감 속으로 걸어들어가 만났던 그대의 정원은
빙하에서 흘러온 물이 바위의 가슴팍을 적셔
이끼가 살 수 없었다

꽃피울 수 없는 고목의 품에 아로새긴
나의 일기들은 습기를 품기 좋았다
내딛는 걸음마다 허방 속으로 빠져들던 지하방
곰팡이꽃이 벽을 타고 올라
햇볕 들지 않는 그늘에 누워 이끼꽃을 꿈꾸었다

이끼가 옷을 입혀주지 않았다면 나는 아직 알몸이었을 거야

구름만 살던 산비탈에 집을 짓고 군락을 이루던

마을에는 초록별이 뜨곤 했다
가장 낮은 푸름은 성자의 빛깔이 되어 그늘을 밝히고
지상 한편을 쓸며
자신의 몸에 하늘빛을 묻혀 세상을 닦았다

한 방울의 물로도
우주를 품는 이끼의 몸짓엔 광야의 소리가 있었다
음지에서 떨어졌던 말씀들이
내 뒷골목에 와 푸른 융단을 깐다

이끼들이 내 몸에서 파랑새의 깃털로 피어난다

발에 대한 독백

여자들의 발에
시린 기억들이 내려와 고인다

스며드는 상처들을
퍼런 멍으로 받아들일 뿐
뱉어내지 못해
발은 점점 차가워졌다

죽은 태아가 자궁 속에 새겨둔 흉터는 지워지지 않고
쓰린 기억들은 혈관 속을 돌고 돌다가
이 은밀한 육체의 변방으로 흘러들었다

어머니의 차가웠던 발도
지우지 못한 상처를 안고 살았다는 말인데

내 발은 서걱거리는 얼음들의 안식처
냉기와 바람을 품고 겨울 속을 드나든다

고온과 저온 사이를 방황하던 젊은 날에 피멍들이

희끗희끗한 눈발로 밀려와
강줄기에 실린 채
차디찬 하류로 흘러가는 밤

발톱 위에 꽃잎 한 장 그려본다

일요일의 화가 8요일의 시인

앙리 루소는 일요일의 화가다
세상에 출근하지 않는 일요일 그림을 그렸다

살롱 너머 가난한 붓엔 북극성이 없었다
캔버스의 미로를 더듬거렸다
입체파 계단을 통과하며 입체의 몸짓 데생하지 않았다

초대받지 못한 액자는
가장 짙은 웃음거리이자 원시의 눈동자였다
어떤 물감에도 섞이지 않고 자신만의 상상도로 흘러갔다

환상의 풀을 먹고 자라난 얼룩말
평면 덤불을 깨고
아틀리에 뒷골목에 나타나면 아프리카 풀냄새가 났다

일요일 지나 8요일로 와 시를 쓴다
8요일의 시인이다
뒤집어도 안이 없는
바깥, 바람문장이 밤새 촛불 춤을 춘다
깨치지 못한 별과 시인의 길이 노트에 울퉁불퉁하다

행간에서 피묻은 돌이 수시로 튀어나온다

2차원의 루소가 미술관 빠져나와 귓가에 속삭인다
흥, 8요일의 숲에는 여전히 아무도 없군

공중에 매달린 종이 되어 나는 또 흔들리고 만다

타클라마칸을 지나서

사구를 건너는 낙타가 절룩거린다

한번 들어가면 나올 수 없는 타클라마칸 사막
모래가 운다
절망의 빈틈에서 빠져나온 전갈들이
어둠 속에 꼬리를 세우고
날선 바람의 숨통에 독침을 꽂는다

폭풍은 어제의 모래언덕을 옮겨놓고
휘청거리던 구름도 조각이 났다
목이 타는 물주머니가 실금으로 갈라지면
길이 길을 빨아들여
머릿속에 자욱한 황사

경전의 등짐을 지고 견뎌온 시간에
의식이 지워진 땅과 하늘의 경계에서
빛을 보았다

밤의 층계를 타고 내려온 별빛이
품 안으로 쏟아진다

천 년 전 순례자의 발자국이 보이고
나도 석굴을 파며 별의 문자를 새겼다

황색의 벼랑 앞에서 흔들리던 낙타가
모래 바다 위에 기도의 발자국을 찍는다

노을빛 낙타 등 위에
한 마리 나비 문장이 앉아서 간다

대파 썰 때마다 눈물이 난다

대파 다발이 꽃브로치를 단 것은
로컬푸드 코너에서 처음 있는 일이었다
장 보러온 꽃들이 수런거렸다

햇살의 온기와 바코드가 찍힌
스티커 리본 두르고 웃는 붓꽃 한 송이에
오후의 시들한 내 꽃대가 싱싱하게 일어섰다

선물받은 꽃미소 다치지 않게
구르는 장바구니에 대파 세워 담고 집으로 올 때
새벽 대파밭의 이슬과 바람과
하얀 나비 한 마리 춤을 추며 따라왔다

대파 한 단 다 읽는 동안
냉장고 열 때마다 오월 붓꽃 내음이 났다

발소리의 시간을 늘려주던 대파 떠나보내며
노란 꽃브로치 달아준 손길은
시인의 아파트까지 와 향기를 전해주는데

붓으로 시를 쓸 때
나는 시의 옷에 어떤 꽃을 달아주었을까

가슴에 붓꽃 한 송이 피우지 못한
내가 매워져
노트의 도마에 대파 썰 때마다 눈물이 난다

간월암

물이 빠지면 육지가 되는
연꽃 속으로 사람들이 걸어 들어간다

운 좋아 썰물 만나면
서해의 속살 밟고 가 만나보는 동자승
비릿한 돌계단 딛고 올라서면
하늘이 꽃물 든 낙조 풀어놓는다
마당에 바다의 말씀 넘실거리는데
때 묻은 옷을 향내에 씻어보는 시간은 짧다
피고 지는 일이 모두 한순간인
절집으로 밀물 몰려들면
돌탑도 길도 물에 잠기고 만다
한 조각 돌이 되어
밀려오는 바다의 언어를 읽는다
지금은 침잠하라는

밀물 차올라
간월암은 어느새 섬이 되고
대웅전 처마 끝에서
온몸으로 바닷바람 맞고 흔들리는 물고기 한 마리

경을 읽어

달빛 한 자락을 펼쳐놓는다

카페에서 느티나무를 애도하다

피톤치드 향기로 흐느끼는
'木카페'는 나무들의 장례식장

폭풍의 톱날에 쓰러진 몸통들이
대패 염을 마치고
햇살맞이 테이블로 누워 있다

나비넥타이 나풀거리는 숲의 통로 지나
옹이마저 평평해진
한 그루 느티나무 앞에 둘러앉는다

마을의 이정표로 평생을 서 있다
죽어서는 나무초리 뼈마저도 톱밥으로 내어주었다는
향기로운 주검 앞에
하얀 날개춤 바치는 나비 한 마리

바람과 뙤약볕과 빗물 다 삼키며
알몸으로 천 년의 그늘을 짓던
성자의 몸속에 아로새겨진
곡선의 무늬를 우리는 이야기한다

마실수록 둥글어지는 나무 향기에 취해
소란하던 잎새들도 하나둘 떠나가고
아메리카노 리필로 또 한 잔 향을 피우며
느티나무를 애도하는 밤

벽난로 속으로 던져진 장작의 토막난 숨결이
서쪽 하늘에 초신성 등불을 내건다

화실에 내리는 눈

내 스무 살의 열차는
염소의 눈망울이 그리운 샤갈의 마을로 떠났지
세상을 겉돌며 나뭇잎으로 흔들리던 늦가을
밤의 폭우를 피해 찾아간 곳에서
젖은 머리칼의 형광등 아래 뼈만 남은 이젤을 세우고
밤을 데생했지
도화지 위에서 번번이 음영과 각을 놓치던 4B 연필이 그린
하얀 피부에 희미한 미소를 건네주던
석고상은 말이 없었지
어둠이 내리는 창가에서 별들도 샤갈의 마을을 꿈꿨지
연탄난로 위에서 보글거리던 물의 밀어들
노란 주전자가 수증기를 뿜어 유리창에 그리던 풍경화는 몽환적이었지만
나의 그림은 비에 젖어갔지
흐려지던 풍경을 잃고 비틀거리던 붓질이
캔버스 가득 몰아온 적란운
단 한번의 어두운 눈빛으로 뇌우에 놀란 색채들은 빛을 잃어 흩어졌고
꽃들은 팔레트에 짜놓은 물감으로 굳어갔지

햇빛이 온 세상에 잠든 색을 깨우고 나면
젖은 화폭엔 무지개가 뜨고 꽃이 필까
계절이 다 가기 전 기차는 백색의 겨울 속으로 떠나고
내 손에 들린 미완의 그림 한 점
샤갈의 마을에 내리는 눈이 되었지

풍선과 소녀*

낙찰봉의 말이 끝나는 순간
그림은 세계를 건너고 말았다

꿈을 놓친 흑백의 소녀는
살점으로 주렴을 만들며 액자 밖으로 흘러내리고
바코드의 틀 속에 갇혀버린 풍선의 핏빛 얼굴
잃은 장면을 두리번거린다

안개의 목소리에 취해 손뼉치다
뒤통수 얻어맞고 얼어붙은 무지갯빛 큰손
금의 장신구로 치장하던 미술이 떼죽음 비명을 지른다

　　이마 위의 조명이 너무 뜨거운
　　그림들은 자살을 원하고 있어

순결한 자신의 도화지에
파쇄기 하나 숨겨두었다는 테러리스트

　　수상한 너희들의 벽에다
　　스프레이 총으로 낙서를 할 거야

먹구름 시장 앞에 조롱꽃 마구 휘갈긴다

헛바람으로 부풀어오른 구름 가슴 속에
피 흘리는 파쇄기의 입술 명중시키고
킬킬거리며 돌아서는 거리의 화가

얼음조각된 신사숙녀들이
낙서금지구역, 소더비의 하늘에 터져버린
뱅크시의 그래피티 한 판 감상 중이다

훔치고 싶은 셀프 파쇄의 꽃

*뱅크시 <Girl With Balloon> 2006.

노숙자

노숙자가 버려진 봉고차에 기대어
가을볕에 졸고 있다

구겨진 제 몸을 간신히 끌고 와
슬며시 역 광장에 부려놓은 지도 오래 전

검붉은 녹으로 너덜거리는 범퍼와
소속을 읽을 수 없이 더께가 앉은 번호판은
달리기를 포기한 중년의 뒷모습이었다
금 간 유리창에 상처뿐인 옆구리
더는 감출 것 없이 선팅마저 벗겨지는 차 안엔
누더기가 된 빈 좌석들이 침묵을 껴안는다
번듯한 이름을 돋을새김했던 명함 대신
꿈을 잃고 주저앉은 바퀴 주변에
빈 소주병만 던져놓았다
낙엽을 덮어쓰고 일그러진 라디에이터 그릴 사이로
빠져나온 전선 몇 가닥이 낡은 기억을 더듬는다

뼈마디 마디 관절염을 앓는 봉고차
잘 달리던 속도계 눈금을 그리워하고 있을까

휑하니 눈알이 빠져
광장 너머 푸른 하늘을 응시하는 해골의 눈빛
아직, 덜덜거리는 심장은 살아 있다

인상, 해무

햇살 틈새를 물방울이 덧칠하는
초여름 장봉도는 모네의 캔버스다

백내장 앓는 늙은 화가가
떨리는 붓 터치로 이슬점을 끌어모으자
해무가 이젤을 박차고 튀어나간다

순식간에 이웃 섬 다 잡아먹은 만삭의 여인
사타구니 벌리고 안개를 끝없이 쏟아놓는다
첫울음 신고도 없이 식욕으로 일어서는 사생아 앞에
파랗게 질리는 바다 화폭

갯티길 지우며 쳐들어오는 하얀 붓질에
마을은 오이꽃 향기 잡고 비칠비칠 뒤로 물러나고
하늘도 나도 경계를 놓친다

파도의 뼈가 몰고온 비린내도
갯고랑 짠 눈물도 모두 품어버린 백색 풍경화

바다 다 삼킨 하얀 거인은

섬마을 칠월의 빛을 품은 채 캔버스의 꿈을 꾸고

움직이는 빛과 대기와 붓의 삼각관계를 생각하다
해무의 뱃속으로 굴러떨어진 나는
목선의 형체 뭉개며
구멍마다 물안개 아기를 낳는다

꽃잎의 살

십자가에 거꾸로 매달린 예수다
나이프 들고 웃음짓는 동물성 식탁 앞에
꽃무늬 속살 드러낸 채
핏물 머금고 매달려 있는 슬픔덩어리
풀빛 혈통 속에 흐르던
되새김질의 추억은 날선 칼날에 잘려나가고
검은 목장에 코뚜레가 꿰어져
핏물 흥건한 들판을 비틀거리며 건너왔다
미슐랭의 별 반짝이는 은접시 위에서
머리 잘린 소가 붉은 울음을 운다
초록의 빛은 쓰러지고
어둠의 목구멍이 온 세상을 삼키는데
별빛 따라 도는 순례객들로 맛집 앞은 출렁거리고
사지를 벌린 그의 십자가가 허공에서 휘고 있을 때
배부른 배고픈 바람의 입술이 중얼거린다
활짝 핀 꽃잎 정말 살이었을까

3부

하이패스를 지난다

소금창고

창고도 이토록 희고 눈부실 수 있다는 거
가르마 같은 통로만 남기고
천장까지 출렁이는 바다 앞에서 생각해보니
내게도 이런 창고 하나 있었네

당신이 보고 싶을 때마다 찾아가
내 마음 쌓아두고 오던 곳
물기 머금은 항아리 이고 가 하얗게 쏟아놓았네

밤새도록 파도가 밀려가고 밀려오고

소금꽃 무늬 지는 새벽
젖은 문을 사로잡그면
뿌연 길 위로
갯바람 맞은 별들이 떨어지곤 했었네

달빛 없이도
날마다 환해지던 창고에서는
바다의 체취가 녹고
은빛 파도의 노래 즐겁게 흐르고 있네

연꽃탄

연꽃은 석탄기에서 왔다

어둠 속에 잠자고 있던 꽃씨를 깨워
사람들에게 보여주고자 한 이는 석가모니였다
부처의 뜻을 눈치챈 씨앗이
잎눈 틔워 캄캄함을 밀어올릴 때
간지러운 줄기가 석탄을 너무 많이 만져
연꽃은 세상에 올 때 연꽃탄이 되었다

아버지는 연꽃탄을 배달하셨다
연꽃의 미로를 걸어가
집집마다 꽃불을 전해주셨다

명덕상회 사이다병이 얼어터지는 겨울이 오면
바퀴 달린 연못이 통째로 골목에 부려졌다
쇠집게에 두 송이, 양손에 네 송이씩
연꽃탄을 모시고 구름의 언덕을 오르내리는 아버지
언뜻언뜻 연탄으로 보이기도 했다

연못 다 비워지는 해거름이면

배달 마친 아버지 몸에 아득했던 연꽃향

그런 날 밤중이면 하늘가 불꽃이 하도 환해서
잠자던 마을 사람들은 자기도 모르게
발을 자꾸 이불 밖으로 내밀어보는 것이었다

연꽃밥과 연탄과 아버지의 구멍을 생각하다
손을 뻗어 휘휘 저어보면
웅크린 겨울밤 너머 꽃불이 당겨진다

공단동의 밤

옷이 되지 못한 원단들이
어둠에 덮여 퇴적층처럼 쌓여 있다

철심이 드러난 천장에
가까스로 매달린 형광등이 물구나무를 섰다
문짝이 사라진 창고에는 가랑잎들이 들락거리고
칠이 벗겨진 시멘트벽에 달라붙어 있던 작업수칙서는
수칙을 찢고 바람과 키득거린다

별을 돋을새김하던 로고
반품 딱지가 붙은 박스 옆구리에 붉은 낙인이 찍히고
촘촘하던 방직의 시간이 해체된 기계들은
얼룩진 바닥에 고철의 머리를 처박고 있다

옷이 되어 거리를 활보하고 싶었다
날개를 디자인하여 몸에 달고 싶었다

푸른 날들을 아로새기며 감기던
색색의 실들이 빛을 잃고 누워 있다
단단한 퇴적의 계절 속으로 가라앉은 이력서들

실업의 지층에 갇혀 숨을 멈췄다

불 꺼진 고치 속으로 몸을 누인 실타래들은
헝클어진 채 잠들고
맘껏 펼쳐보지 못한 청춘의 빛바랜 원단들 위로
소멸의 시간처럼 내려앉은 먼지들

출고되지 못한 직조의 꿈들이 쌓인 창고 유리창마다
직녀성의 눈물이 이슬로 맺힌다

홀로 야위다

유리가 깨져나간 벽시계가
어둠의 계단을
한 칸씩 세어주는 밤
웅크리고 있던 열두 살 소녀가
손을 뻗어 빛을 당긴다

줌인의 스마트폰 불빛 속에
짓이겨진 어제가 선명하다
허공을 날던 그의 주먹을
속도를 뒤집는 게임 속으로 밀어넣어 보지만
짙푸른 새벽의 멍은 지워지지 않는다

가난의 피 말고는 나누어줄 것이 없어서
일주일에 한 번 찾아오는 엄마는
꽃잎의 상처를 묻지 않았다

바람조차 모른 채 지나가버려
홀로 야위어가는 꽃송이
굉음을 앞세운 트럭들이 아스팔트를 밟고 지나가면
깨진 보도블록 틈새에 박힌 어린 뿌리가 온몸을 떨었다

햇살이 등을 두드려 아침을 깨우면
밤새 소리 없는 화면으로 밀봉되었던
향기가 몸을 뒤척여
오므라진 한두 잎 꿈을 가방에 넣고 집을 나선다

분양시대를 살다

지구별에 분양시대가 왔다

뚱뚱한 사람이나 마른 사람이나 살아남기 위해 의식을 치른다, 매일
뒷골목의 인력시장은 새벽을 열고 연탄난로 앞에 웅송그리는 손들이 차례를 기다린다
호명되지 않으면 끼니도 없다는

오래된 꿈, 아파트 모델하우스를 향해 기어가는 차들이 도로를 점령하고
바람을 타고 평수를 늘리는 가지에서 추락하는 꽃잎들
도시의 귀퉁이마다 팻말이 꽂히고 땀방울 맺힌 유기농 채소들이 팔려나간다
웅크린 목덜미가 잡혀 컹컹 짖어대는 유기견

보호소에서 꼬리를 흔들던 치와와 한 마리 여자의 젖가슴에 안겨나간다
붉은 등 아래 정육점의 고기 같은 여자들이 전시된 거리
은밀한 불빛이 웃음을 홍정하면 꽃잎은 사내들에게 몸을 내어준다

나는 아이들에게 피자 같은 달을 떼어주고
봄비는 새싹들을 땅 위에 뿌려놓는다
마을마다 들어선 교회는 천국을 분양하느라
정신없는 지구별

떠돌던 자도 죽음으로 차지할 수 있는 한 뼘의 공간
납골당에 가루의 이력이 보관되자 사진 속의 그가 활짝
웃는다

트임 찻사발

굴밭 일구던 어머니 손등은
얼음 바람 속을 갈라터지던 노동이었네

트임을 경지로 올려놓다니!

낯선 땅, 타국의 흙으로 청춘을 물레질하다
문득 알아버린 트임의 세계는
어머니의 갯벌에 자신을 묻고 떠났던
캄캄함이 고향이었네

흙, 불, 소금바람이 만나는 장작가마 속
갈라터진 몸을 1,300도 불길에 맡긴 채
고뇌하는 무유無釉*의 흙덩이

열기와 불티와 나뭇재의 축제가 끝나고
마침내 고요를 담고 태어나는
혼불의 트임 찻사발은

알몸으로 불속을 지나온 갯바닥 무늬
흠결로 이루어진 눈부신 완성

우리는 마주앉아 트임으로 꽃물지는
나오리 석양을 마시었네

*인공 유약을 입히지 않음.

하이패스를 지난다

소곤거리는 음성이 시키는 대로
끊임없이 도로를 갈아타는 밤

고속도로 인터체인지는
아스팔트 냄새 진동하는 풍경 속으로
자동차들을 뱉어낸다
새로 뚫린 길 위에 올려진 차들은
도로명도 알지 못한 채 바람 속으로 전력 질주한다

어둠 너머에는 명멸하는 몇 점의 붉은 빛
땅으로 내려앉지 못한 눈발은 허공 속을 배회하고
방금 옮겨 심은 어린 가로수들의 얼굴에는 표정이 없다

언제나 가장 빠른 길로 안내하는 세상에서
나는 지구의 어느 지점을 지나가고 있을까

모서리 닳은 지도를 펼쳐놓고
가고 싶은 행성들을 선으로 연결해 보던 꿈은
절개지가 되어 잘려나갔다

구름은 쉴 새 없이 새로운 도로를 만들고
실타래로 얽혀 있는 우주의 미로 속에서
나의 별을 운행하지 못하고
낯선 바람을 따라가는 여행길

단말기는 자동으로 생을 인출해가고
나의 차는 하이패스를 지난다

오렌지가 온다

빨강과 노랑 사이에서 태어나 움츠리고 살던 색깔

빨강만큼 꽃피우지 않는다고
노랑만한 그리움이 없다고
저만치 뒤로 밀려나 눈치만 보던 주황이
오렌지란 달콤한 이름
동그란 옷을 갈아입고 이미지메이킹을 했다

오렌지맛 비타민C가
나이트 크림 속에서 미인을 유혹하고
찬물 샤워하는 오렌지군단이
빌딩 꼭대기 전광판에서 쏟아진다
나의 색깔은 무엇일까
턱 괴고 앉아 골몰하는 조각상 앞으로
텔레비전에서 뛰쳐나온 오렌지색 염색 머리 문워크
춤을 추며 지나가고
사각의 보도블록 사막을 걷는 낙타에게
어깨띠 한 구름이 불 켜진 동그라미 한 알 건네준다

레몬, 미안해 오렌지가 생겼어*

빛을 달려온 색채들의 전쟁터
색바람 바퀴 굴리며 광고계로 날아오른다
사계절 물들이는 오렌지족이 온다

*광고 카피.

복숭아벌레의 죽음

벌레를 발견한 것은 유리창이었다

과일상자에 담겨 배달되었던 푸른 벌레는
시멘트 바닥 틈새에 방치되어 있던 늦여름
대답 없는 질문들을 흘려둔 채
갈색으로 말라 있었다

남자는 웅크린 자세로 일주일 만에 발견되었다

봄마다 꽃을 피우던 나뭇가지와
과수원의 하늘을 잃어버린 것을
그이 탓이라고 말하는 사람도 있었지만
장례는 엄숙하게 치러졌다

무릎을 꿇은 장의사가
악취를 풍기는 이불에서 그를 떼어냈다
구겨져 버린 고지서는
깃털보다 가벼웠으므로
한 조각의 구름과 함께 앰뷸런스에 실렸다

이웃들의 투명한 시선들이 내걸리고
곁을 지키던 텔레비전에서
트로트 한 소절이 흘러나와
목을 꺾으며 그를 전송했다

방 안에 나뒹굴던 소주병과 알약들이 쏟아낸 말을
봉지에 담아내자
이내 남자의 내력을 씻어내는 소독약 냄새가 가시고
복숭아 상자는 백색소음으로 채워졌다

다음날, 한 조간신문이 열어본
그의 핸드폰에는
복숭아밭의 어떤 바람도 남아 있지 않았다

물소리를 듣는 밤

이명은 아무도 눈치채지 못하게 찾아왔다 깊은 밤에
왼쪽 귓속에 흐르는 물소리
소라껍데기 속에만 있던 바람 소리를 듣는다

온몸에 종기로 시달리던 어린 시절
할머니와 폭포물을 맞으러 다녔다
발가벗겨져 겨울 달빛 같은 물세례를 맞고 나오면
놀란 피부는 두드러기꽃을 피우곤 했다

나의 우편물이 지하로 배달되던 시절에도
늘 물소리가 함께했다
이부자리 아래에도 수직의 벽 속에서도 끊임없이 흘러다니던
물소리, 이웃끼리 음식을 나누듯
방들이 서로에게 곰팡이 냄새를 나누는 장마철이 오면
하수구 구멍에 귀를 대고
여름에 닥쳐올 역류를 가늠해보곤 했다

술루해 위에서 흔들리는 선상 인생들은
배 위에서 밥을 해먹고 사랑을 나누고 아이를 낳는다는데
그들에게 산다는 것은 항상 출렁거림이다

부서질 줄 알면서도 달려가버린
파도, 그대에게 가 닿을 때마다 멍든 물소리를 피우던
손톱달마다 물무늬 지고

외이도 울음을 안은 밤이 당도한다

가시고기

오래 전 그 살과 뼈를 다 발라먹었으므로
내가 어른이 되어 고향을 찾았을 때
아비의 모습은 볼 수 없었다

은비늘이 춤을 추는 봄날이었나
단 한 번의 사랑을 나누고 어미는 집을 나갔다
나는 아비가 불러주는 자장가를 들으며 자랐다
그는 알들이 모두 부화하는 날까지
노쇠한 지느러미를 잠시도 쉬지 못하고 흔들었다
물속 나라에도 가끔 천둥과 번개가 몰려왔지만
나의 요람은 항상 고요하였다
그때 아비는 가시를 세우고
세상 밖에서 얼마나 처절한 전투를 벌였을까
내가 알을 깨고 나왔을 때
아비의 몸은 뼈마디 마디가 삭고 있었다
거친 물살을 더는 견뎌낼 수 없어
앙상한 몸으로 비틀거리다 둥지 곁에서 숨을 거두었다
사냥에 익숙하지 못했던 어린 나는
그 주검을 한 점씩 뜯어먹으며 허기를 채웠다
아비의 가슴에 구멍을 숭숭 뚫어주고서야

푸른 바다를 향해 지느러미를 흔들며 나아갔는데

격랑의 강, 그 깊은 모랫바닥에 널브러져
가쁜 숨을 몰아쉬는 나의 살점을
누군가 뜯어 먹고 있다

코로나극장 19관

실업의 늪으로 가라앉는 빈 좌석들과
두 여자가 이 밤의 관람객이죠

어느 시인이 죽어간 심야 상영관이 이랬을까요
무덤 속에 갇힌 적막이
공포영화 딱딱한 숨이 되어 달라붙어요

대각선으로 떨어져 앉은
통로 건너 저 여자는 사람이 분명할까요
그녀가 힐끗 뒤돌아보네요
언제부턴가 도시를 홀로 떠돌고 있는 마스크의 유령
취소할 수 없는
예매번호 아홉 자리를 만지작거리고 있어요

영사기의 뼈가 텅 빈 극장을 울며 돌려요

너머에서 싹틔운 미나리는 비스듬한 화면을 출렁거리고
코로나극장 19관 무덤 속엔
뇌졸중 앓는 검은 강물
피 묻은 의자마다 불안의 잎눈들이 흔들려요

여기는 누구의 종착지일까요
가늘어진 초록등이 비상구를 깜빡일 때
고체가 되어버린 흑백의 엔딩 크레디트

빳빳해진 롱샷의 골목 끝에서
소독 냄새 풍기며 굳어가는 내가 클로즈업돼요

시래기

칼날에 베어지고 밭고랑에 버려지던 기억들
새끼줄로 질끈 묶고
뒤란 담벼락에서
바삭한 바람을 먹고 살았다

한 솥 가득 삶은 시래기
모락모락 김을 피우며 보드라운 속살을 열어
구수한 이야기를 풀어놓는다

황토에 뿌리내리고
하늘 우러러 푸른 무청으로 사신 어머니
천둥소리와 함께 폭우가 퍼붓던 밤
뒤척이던 한숨소리 들려온다

산더미 같은 김장 배추 다 파시느라
동네 어귀에서 해가 지도록 찬바람을 맞으셨지

버려지는 무청으로 살면서도
봄날의 양식으로
찬서리에도 꿋꿋한 삶을 엮으셨다

그믐 달빛 한 장 두르고
조물조물 된장에 버무려져서도
참기름 향을 잃지 않으신 어머니

한 생을 건너온 시래기의 말씀을 먹고
내 피도 푸르게 맑아지는 저녁이다

방사탑

섬은 돌탑을 바다에 쌓았다

살 길도 죽을 길도 바닷속으로 이어지는 섬마을이
바다에 탑을 쌓는다
갈퀴 굽은 손이 으르렁거리는 앞바다에
첫 돌을 놓으면 바닷물은
첨벙, 구멍 숭숭한 한숨을 삼키지만
바람길에 미끄러지는 땀방울들이
한 돌 한 돌 소원을 쌓다보면
그예 수평선 위로 해를 닮은 탑이 떠오른다
잠긴 돌 틈으로 따개비의 노래 들고나고
물 위로 솟은 원추형 몸엔
돛단배 물들이다 지친 노을이 쉬어가는 내포리 방사탑
오는 폭설을 막고 나가는 햇살을 잡아주었다
탑 꼭대기에 앉은 현무암의 새 한 마리
만선의 휘파람 불 때
바다에 탑을 쌓으면 마을이 평안해지라
천 년 전 노인의 목소리가 바람으로 전해 와

수심 깊은 바다에는 요즘도 돌탑이 쌓인다

불꽃 맨드라미

자궁 속에 검은 꽃을 피웠다는
그녀를 면회하러 가는 길
도로변 화분엔 불꽃 맨드라미들이 피어났다
매연의 도시, 좁은 틈 속에서도 살 수 있게
바닥으로 납작 키를 낮추었다
고향집 마당에서
마음껏 구름을 키우고 붉은 왕관을 피우던 꿈이
몸을 뚫고 나와
소름 돋은 살갗으로 햇살 아래 이글거린다
해마다 새로운 화분 속에 자신을 옮겨 심었던 그녀
스스로 몸집을 줄여가는 방법을 알아버린
피 묻은 이력서
하나씩 이파리와 꽃을 떼어내고
줄기를 잘라낸다
상처난 꽃잎들이 희망의 주사를 기다리는 병실
바람으로 떠돌다 검붉은 자궁을 드러내고
벽 앞에 핀 서른의 그 여자
가만히 꽃대를 당겨본다

4부

그리움에 틈이 나면

모링가 오일

포장지 속의 오일이 몸속으로 흘러든다
낯선 땅으로 캄보디아 신부와 함께한
침묵의 비행
입은 열지 않았어도 체온이 묻은 언어가 전해진다
온몸을 내놓아 구름의 허기를 달래주었다는
생명의 나무가 그녀의 출생지다
마을의 온갖 병들을 다스렸으므로
기적의 나무라는 이름이 내려졌다
초록들과 손잡고
마음껏 햇빛을 마시며 꿈을 키웠지만
가난은 별이 총총한 나무를 지켜주지 못했다
톱날에 쓰러질 때 뿜어내던 하얀 피로
작별의 편지를 썼다
뿌리를 떠나자 씨앗의 기억들은 으깨어져
시든 이파리를 적시는 나이트 오일이 되었다
맨발로 걸어다녀도 살을 베이지 않던
고향 땅을 붙들고 하얗게 얼어버린 한 송이 꽃
움츠린 몸을 녹이고 그녀가 스밀 수 있게
바람이 꽃잎을 어루만진다
창밖을 내다보는 검은 눈망울 속에
고이는 열대의 눈물

크리스마스 선물

'세계의 명시집' 책갈피 속
열다섯 살의 크리스마스 이브가 핑크빛으로 번져 있다
거리엔 파도가 출렁이고 서점 안은 섬처럼 고요했다
연탄난로 옆 의자에 비스듬히 기대앉은 아버지가
창밖으로 사라져가는 유성들을 멍하니 바라보는 사이
나는 미지의 행간 속으로 녹아들고 있었다
흰 표지에 흑백의 풍경이 선명하던
시집을 품에 안고 돌아오는 밤길은 빙판이었다
밤을 닮은 초코케이크의 어둠은 촛불을 밝혀도 사라지지 않고
크리스마스 성가가 전해준 몇 알의 사탕들이
혀끝에서 단조로 녹아내리고 있었다
날선 바람에 아버지의 약병은 쓰러지고
나는 얼굴도 모르는 먼 나라의 시몬과 함께
사춘기의 다락방에서 겨울비 울음소리를 들었다
미라보 다리 아래 강물이 흘러가듯
나의 차가운 계절도 흘러가고
아버지는 겨울 하늘의 별지기가 되었다
닫힌 창문을 적셔주던 눈꽃 시어들도 사라지고
무지개 꿈을 꾸던 페이지엔 얼룩이 생겼지만
당신의 마지막 선물을 암송하며 걸어온 길

별빛 그리움이 쌓인 책상에 앉으면
가난의 창가에서 은박의 카드를 적던
아버지와의 시간이 한 편의 명시로 읽힌다

조개패

태안군 소원읍 사라실에 조개마을
밥상 앞에 모인 식구들처럼
바닷가에 둘러앉은 집들이 삼십여 호다

쇠갈퀴의 손들이 바지락을 캔다
썰물이 남기고 간 진주를 줍기 위해
악착으로 물때를 맞추다 늙어버린 시간이
갯벌마다 주름으로 남았다

쪼그려앉아 살아온 세월에
관절염으로 절뚝거리며 밀려드는 파도
바다 별 다 품느라 뿌연해진 물빛이
짠 눈물로 맨 먼저 흘러와 고이던 곳

강아지도 비릿한 바지락국을 먹는
지금 사라실은 풍어의 계절이라
한 가구에 하나뿐인 조개패가 마당가에 바다를 부려놓고
만선의 깃발 꽂는다
나의 바다를 캘 수 있는 허가증
누군가 죽어야만 물려받거나 살 수가 있다

타지 나간 자식이 혹시나 귀향하면 물려주리라
죽어서도 내놓지 않는다는
바다의 보증서

사라실의 갯벌은 피붙이가 아니면
절대로 자신의 속살을 내보이지 않는다

별별 풍경이 돈다

태양커피숍 타원 궤도를
자동차위성들이 돌기 시작했다

검은 이슬 스치면 별똥별 될 수 있다는 소식
불쑥 알아버린 태양계에서
거리두기란 얼마나 반짝이는 약속인가

수칙을 중얼거리며 자동차들이 돈다
침방울의 고향인 접촉을 버리고 접속에 다가간다
노란 선 위에 홀로 멈춤은
우주를 영원히 떠
돈다는 말, 문득 적막하다는 독백이다

얼음으로 서 있는 사각형 얼굴에 말을 건다
햇살 토핑 새봄 한 잔 주실래요

만남과 머무름 금지의 나날
통유리로 밀봉된 태양의 집은
우주여행자라면 누구나 들어가 쉴 수 있는 별자리였다
체온 잃은 의자들 물구나무서는

탁자에서 우리가 나누었던 눈빛과 손짓은 꽃이 되었을까

그리움을 글썽이다 마주친 마스크 외계인
유리 구멍으로 흑점커피 한 잔 내민다

테이크아웃된 엉덩이에 깜빡이 켜고 찰랑거리는 사차선
떠다니는 왕관이 보내준
드라이브스루, 걷보기운동에 별별 풍경이 돈다

그리움에 틈이 나면

노을 끓는 저녁이면
녹색 창에서 제주로 떠난 애인들을 검색했다

헐떡이는 장밋빛 숨이 렌터카를 민다
바다핸드백 속에서 윤슬 꽃잎들이 걸어나온다

오전에 오름 사진가
오후에 물의 건축가

그리움에 틈이 나면 모텔 옆 이중섭을 애무한다

섶섬이 보이는 언덕으로 돌아온 양면화
앞면에 날아오르는 연과
뒷면의 비둘기와 아이들이 동시에 바람을 놓친다
포화의 시간을 앓던
얇은 도화지가 조명 아래 운다

빗방울 듣는 밤의 침실로
죽은 애인들 찾아오기 전

마시고 갈까 떠갈까
호프집 '약수터'까지 따라온 이중섭과 나란히 앉아
세 잔의 약수 비운 입 안에서
천혜향 탐라밀 거문오름 맛이 불꽃 일으킬 때

백록담 들이키고
오줌 마려워 쪼그려앉는
선문대 할망 노을빛 치마폭에서 마라도가 떨어진다

야광별 장수가 지나가고 있어

창백해진 귀는 닫히고 있었어

와인빛 웃음소리 조명 사이를 속살거리고
플레이리스트는 희망의 음표를 재생시켜 주었지만
바벨의 언어처럼 낯설어
해독할 수 없었던 그들만의 대화

점점 높아지는 문자의 탑 속에
얇은 단어 하나 끼워넣을 틈은 보이지 않았어
나는 누구의 초대장을 받았나
몰래 꺼내 펴본 밤의 속지엔 발신자가 지워져 있었지

처음 입어본 무지개는 사방이 추운 옷이었어
장미의 문장 뒤편에서 자꾸만 구겨지던 바람
향기 놓친 말은 접시 위에서 얼어붙고
계절을 오독한 고드름이 머릿속에서 쨍그랑댔지

문 밖에 정오의 햇살 눈부신데
플라스틱 몸이 얼마나 반짝이나 궁금하여
어둠의 조각 끌어모으는 야광별들

암막 커튼을 찢어봐

겨울 통로에서 벗어버린 껍데기를
웬 바람이 뒤집어쓰고 밤을 들락거린다는 풍문 너머로

야광별 장수가 지나가고 있어

아버지의 자전거

명덕상회 짐자전거는
동네에서 가장 부지런한 자전거였다
석탑 모양으로 쌓아올린 연탄이나 쌀자루를 싣고
구름의 언덕을 오르내렸다

배달을 마치고 집으로 돌아오는
동그란 소리를 기다리며 나는 자랐다

저녁 찬거리를 사러온 동네 아낙들의
왁자한 웃음이 몰려가
천장에 매달린 삼십 촉 백열등이 상점을 지키는 밤이면
아버지는 방바닥에 사탕을 늘어놓고
어린 딸에게 산수를 가르쳤다
가끔은 물감 향 번지는 스케치북 속을 함께 달리기도 했다

힘센 짐자전거가 때론 울기도 한다는 비밀을
나는 너무 일찍 알아버렸다
한번 녹이 나기 시작한 체인은 자꾸만 궤도를 거부하고
바람의 소리로 일구어낸 집 문패 밑에서
빠르게 부식되어 갔다

사시사철 땀을 굴리던 아버지는
연등 같은 꽃상여에 눕고
뼈대만 남은 자전거는 고물장수 리어카에 실려 쩔그렁거리는
풍경 속으로 떠났다

단발머리 교복 위로 단풍비가 내리던 날
자전거 페달을 밟으시던
내 스케치북 속의 아버지가
무지개 바퀴를 굴리며 구름 너머 노을길을 달려가고 있었다

잠

잠이 오지 않는 밤
'잠' 자를 가지고 논다

혓바닥에 올려 잠시 맛을 곱씹어보다
잠자리채에 쑤셔넣고 휘휘 돌린다
ㅁ 안으로 ㅈ과 ㅏ를 옮겨 '자' 자를 만들어본다
ㅁ을 옆으로 조금 늘이고
'자'를 하나 더 데려와 '자자'를 중얼거린다

반잠 풀리는 눈동자에
내 잠을 훔쳐 달아나고 있는 잠수함이 보인다
잠옷자락 펄럭이며 달려가
물속으로 뛰어든다

밤의 심연에서 마주친 파자마 차림 프로이트
불면의 출발지를 알아볼 꿈이 필요하다며
나를 뒤집어 흔들어본다
한숨도 못 자 빌려줄 꿈이 없는 나는
해석받지 못한 채 물결에 천천히 밀려난다

잠수함을 놓치고 돌아온 새벽 침실
어린 날의 내가 나비잠을 자고 있다
나비 몰래 들어가 눕는 잠자리
ㅁ을 벗어버린
ㅈ과 ㅏ가 수면양말 신겨주며 속삭인다
자자

길이 버린 벤치

외진 길섶에 누운 벤치 하나
잡초들이 웅송그리며 앉아 있다

구름의 하중을 견디느라
가끔은 버팀목이 떨리기도 했지만
펑퍼짐하고 둥그런 햇살의 온기는 늘 반가웠다

지금은 주인 떠난 폐가처럼
길 잃은 나비 한 마리 찾아오지 않는다

길손들의 푸념을 받아주던 등에
저승꽃을 피운다
주름이 물결치는 살갗마다
우산풀 강아지풀 기어나오고
금간 다리를 감고오른 박주가리가 목을 조인다
삐걱대는 관절마다 피어나는
검은 곰팡이

바쁜 길은 늙은 벤치를 버렸다
잡초뿐인 날들은 해체되고 싶지만

몸은 수거되지 않는다

바람 소리에 또 하나의 뼈가 내려앉는다

어디가 위고 어디가 아래였을까

하늘에서 캔버스를 떼어낸 잭슨 폴록이
불꽃 춤을 춘다

팔레트가 된 페인트 통마다 물결치는 가을빛
누워 있는 화폭 위를 날아다니는
화가의 손끝에서 물감의 새 잎사귀들이 흩뿌려진다

여름 끝자락부터 대지를 응시하던 잎새들이
액션페인팅에 실고 오는 가을 리듬

구멍난 회화나무 이파리 현의 저음을 깔아주자
은행잎은 오선지 계단을 오르내린다
타오르는 몸을 달려 바람을 뒤집는 상수리 잎사귀의 음표
단풍의 와인빛 손바닥은 흘러내려
소리치는 유리잔을 채운다

전후의 액자, 그 뚫린 이미지를 지우던 맨해튼 조명 아래
혼불 춤을 추던
바람의 몸짓이 낳은 알 수 없는 추상화는
어디가 위고 어디가 아래였을까

만신창이 물감 세례에 취해버린 폴록의 작업복은
가만히 그림을 뒤집어 둔 채
만취한 햇들과 함께 돌아올 수 없는 풍경 속으로 떠난다

포장마차에서

소나기를 피해 뛰어든 포장마차에서
청춘의 천막을 적시는 빗소리를 들었다
버너의 심장에 파란 불꽃이 켜지며
딱딱한 기억들이 냄비 속에서 하얗게 풀어진다

포장마차에서 소주를 알았다
내리는 빗줄기에 도시의 어둠이 썰려지던 밤
빈 잔을 들어 이슬을 받으면
온종일 노트에 써내려간 구호들이 목청을 높이고
얼큰해진 욕설의 나방들이 날아다녔다

은박지의 페이지들이 불속에서 구워지고
꼬치에 꿰인 어묵들이 솥 안에서 긴 한숨을 내쉬었다
크레센도의 빗소리는 가로수의 멱살을 흔드는데
꿈이 잘려 매운 양념에 버무려진 닭발을 씹노라면
유리잔엔 쓰디쓴 눈물이 차올랐다

술잔이 쓰러지고
바닥으로 굴러떨어진 소주병들이 깨지고 난 뒤
고성의 바람이 스쳐간 거리엔

희미해진 간판들이 떠다니고 있었다

허공에 매달린 휴지를 돌돌 말아
젊은 날의 얼룩들을 닦아보지만 더욱 선명하게 번지는
밤의 무늬들
또 하루의 국물이 졸아들고
도마질하는 비의 연주는 밤새 멈추지 않는다

갯배

바다 끝자락이 병목으로 흘러들어
마을을 갈라놓았다
속초 아바이마을

손 뻗으면 닿을 듯한 땅과 땅 사이
바람 불면 건너올 듯한 하늘과 하늘 사이를
온종일 오고가는 갯배
질긴 목숨의 쇠줄이
전신을 가로지르며 물살을 민다
평생 바닷물에 시달린 뼈마디가 우는 날에는
까맣게 타버린 얼굴을 들어 먼 하늘을 보지만
물새의 소식은 멀다
넓은 바다는 꿈도 꾸지 않았다
소금기에 곰삭은 몸은
출렁이는 한 점 부표가 되었다
낯익은 목소리 노을 되어 건너오는 자리에서
그리움을 부레 삼아
짜디짠 실향의 바다를 견딘다

갈매기 울음 너머로

갈라져버린 두 개의 바다
잃어버린 배들이 눈물로 와 흔들리는 날이면
상처난 이물을 바라보는 바람이 시리다

삼각롭다

지붕과 기중기 피라미드를 보면 삼각형이 보인다
가장 튼튼한 다각형을 품었다
바람에 넘어지지 않는다

내 몸을 햇살에 가만히 비추어보면 삼각형이 보인다
세 사람이 이루는 삼각 균형
폭풍우에도 흔들리지 않는 비밀에 닿아 있다
어쩌다 쓰러졌을 때
빛으로 일어나던 순발력의 X-Ray 사진이다

하늘빛 잉크로 작도한 36.5도의 선분들은
언제 어디서나 밑변의 몸짓을 한다
어떤 방향으로 굴러도 삼각형으로 우뚝 서고 만다
바닥 견디는 밑변의 힘과 바람을 맞는 꼭짓점 아픔으로
지붕은 세모꼴을 이루고
집은 지상의 모든 면을 살아낸다

우리는 때로 삼각자 가운데 뚫린 동그란 구멍이다
꽃입술 숨으로 서로의 통증을 핥아준다
동그라미 구멍이 있어 삼각자는 삼각의 체온이다

아침 점심 저녁의 트라이앵글이 하루를 연주하고
지붕 위의 햇살은 오늘도 삼각롭다

빙하새

하늘과 가장 가까운 여백을 찾아
켈카야 빙원으로 날아온 시인이다

해발 오천 미터의 눈보라가 안데스 산맥의 등뼈를 때리는
설산의 허공에다 날갯짓을 아로새긴다

썼다가 지우고 썼다가 다시 지우는 기도
직설의 세상에서 반복을 피하는 은유의 날개가 무겁다
만년설 속에 갇힌 이미지를 찾아
빙벽을 쪼는 부리에 핏물이 배인다

빙하세계에서 햇살은 천적이란 걸 배웠다
바람의 행간을 가르기 위해선 더 가벼워져야 한다

하루를 삭제하지 못한 파지를 안고 뒤척이는 달빛
구름 속을 헤매던 깃털들이
크레바스로 떨어지는 악몽을 꿀 때도
설원의 책장은 잠들지 못한다

혹한의 밤을 빠져나온 바람 한 줄기가

은가루 페이지를 넘기자
빙벽의 둥지 안에서
부화된 문장들이 첫 숨을 쉰다

모서리를 지우다

사각형 속을 헤매고 다녔다
색종이를 접을 수 없었던 봄날에
부모님은 서류에 도장을 찍었다
창문마다 찬바람이 몰아쳤다
시험지 속의 나는 늘 사각으로 접혀 있었다
둥글어질 수 없던 날들이 각을 만들며 굳어갔다
작은 방을 지우고 큰 방을 그려보던
도화지에는 날카로운 얼룩들이 생겼다
더 큰 사각을 차지하기 위해 뛰어든 직장에는
모서리와 직선뿐이었다
탁자에 부딪히고 멍들어 돌아설 때마다
내 속에도 절벽을 닮은 각이 자라고 있다는 걸 알았다
동그란 구멍을 품고 날아오르던 어린 날의 방패연은
구름까지 닿지 못하고
칼바람에 끊어져 바닥으로 추락했었다
토막나고 젖은 나날을 이어붙인 틀 속에서
낯익은 얼굴들이 어른거린다
나의 하늘은 늘 사각으로 떠 있었지
여윈 손으로 도화지의 모서리를 지우고 나니
어둠 속에서 돋아나는 별 하나
춤추는 아이의 맨발에 빛을 물들인다

은유적 상상력이 빚어낸 상처와 꿈의 풍경들

조명제/ 시인, 문학평론가

1

유정남 시인의 시를 읽으면 '시는 거대한 상처의 기록'이라는 말이 떠오른다. 그의 시적 상처가 '거대한'이라는 말로 포장되기에는 거북스러운 느낌이 들지만, 시인의 작은 상처의 기록들은 역설적이게도 거대한 상처적 기록에 가닿는 법이다. 그의 시적 상처는 중요한 시어로 쓰인 '꿈, 깃털, 별, 구름, 바람, 달빛, 소금, 파도, 기억(추억)'을 통해 구조화되어 은유적 통찰의 한 결정체結晶體로 자리잡는다.

아문 상처의 기록은 의당 기억이나 추억에 의존하게 되는데, 기억은 모든 문학적 창조력의 동인動因, 곧 시원詩原이 됨을 유정남의 주력적 시편들이 말해준다. 그의 기억이 소환하는 상처적 진실은 꿈의 좌절로부터 연유한다. 시인은 개인적, 보편적 인간의 좌절이나 상실의 시대를 예의주시하며 야무진 안목과 문체로 꿈의 상처를 주밀하게 형상화한다.

시인의 꿈이 맞닿는 상징의 대상은 '별'이며, 별의 이미지는 유정남 시 정신의 지향점이기도 하다.

불 꺼진 도서관을 나와
버스정류장을 지나면 인형들의 방이 나를 기다린다

스펙의 의자에 묶여
굳어가던 뼈들이 말랑거리고
온종일 활자에 시달린 눈빛마저 흔들리면
꾸깃꾸깃했던 하루를 펴서 기계 속으로 밀어넣는다
간신히 잡혔다가도 허무하게 떨어지던
백 장의 이력서를 돌아다보면
어린 날의 한 조각 꿈이 만져져
오늘은 활짝 웃고 있는 피카츄를 선택한다
내 이십대는 아래로만 떨어지게 조작된 인형
아무도 손 내밀지 않아
천 원짜리 몇 장이면
닿을 수 있는 오래된 추억을 뽑는다

—「피카츄를 뽑다」 전반부

유정남 시의 주제적, 기법적 특징은 「피카츄를 뽑다」에서부터 선명하게 드러난다. "스펙의 의자에 묶여/ 굳어가던 뼈들이" 말해주듯, 취업난 시대에 꿈과 낭만을 깡그리 저당잡힌 청춘의 좌절과 밀폐된 삶을 인출해 보여주기 때문이다. 밤 늦도록 도서관에 박혀 공부를 하고, 스펙을 쌓기 위해 온갖 아르바이트를 하고, 백 장의 이력서를 낸 이력을 돌아보는 청춘들의 슬픈 삶이 눈물겹게 다가온다. 시인은 그 같은 좌절과, 갇힌 존재로서의 무망無望을 잠시 포켓몬스터 인형뽑기 놀이의 상황으로 이입하여 은유적 구조의 성공적 담화로 이끈다. 어린 날의 한 조각 소박한 꿈이 떠올라 오늘은 인형뽑기방에서 피카츄를 선택해 낚아본다는 것이다.

시인은 인기 게임 캐릭터 피카츄를 낚아보려 하지만, "내 이십대는 아래로만 떨어지게 조작된 인형"으로 끊임없이 실패하고 좌절하게 되는 사회 구조적 모순에 속수무책이다. 따라서, 조작된 게임 구조와 다를 바 없는 세상에 갇힌 존재의 허망한 꿈과 자아 구출의 무망에서 헤어나지 못한다. 유리상자 속에 갇혀버린 '나의 이십대'는 화자의 상황적 추억을 넘어 당대 대다수 청춘들의 뒷모습이고 자화상이 아닐 수 없다. 그것은 출구도 없고 구출도 가능하지 않은 통신 불량의 지대로 요약된다.

> 수시로 별의 주파수를 놓치는/ 이 마을은 수신 불량 지역// (중략) / 초고층 아파트 숲까지 자신을 끌고 오느라/ 떨림도 울림도 놓아버린/ 한 마리의 검은 짐승
>
> —「수신 불량 지역에서」 부분

유정남 시의 주된 양상은 은유적 상상력의 특화라고 할 수 있다. 그의 은유적 상상력은 흔히 중층적 조합의 방식으

로 실현된다. 텍스트 「수신 불량 지역에서」의 표면 구조는 '사각형'의 텔레비전이 켜지지 않는 수신 불량 양태를 드러낸다. 그러나 "한 마리 검은 짐승"에 이르면 그것이 불량한 통신 자체의 은유적 상징임을 알 수 있다. 검은 짐승으로 표상된 '수신 불량'은 심층적 양상의 치밀한 은유적 구조로 텍스트의 복합적 단위들을 포괄한다.

텍스트의 후반부에서도 중의적 은유의 양식을 보여준다. '외계', '달빛 타전'은 수시로 별의 주파수를 놓치는 수신 불량 지역의 '별'과 직결된다. 유정남의 여러 시편에서 빈번하게 쓰인 '별'의 이미지는 '꿈'의 다른 이름이거나 그 지향점이다. 시인 엘뤼아르는 "별이 없는 꿈은 잊혀진 꿈"이라고 한 바 있다. 인간적인 꿈의 상실시대를 시인은 결곡한 은유적 상상력과 그 기법적인 장치로 형상화해 보여준 것이다.

> 편의점에 달이 뜬다
> 밤의 뚜껑을 따고 나온 번데기들이 간이테이블에 앉아
> 별을 마신다
> 컵라면에 뜨거운 국물을 부어주면
> 굳은 혀들이 깨어나 풀어놓는 매콤한 언어들
> 풀어진 넥타이 하나 보름달로 행운의 즉석복권을 긁
> 는다
> 구름으로 채워진 함량 미달의 과자 봉지들은
> 팽팽히 헛바람으로 부풀어 있다
> 차갑게 식은 유리병들의 마개를 따거나
> 삼각형을 베어먹으면 동그라미가 될 거라 했지만

조각난 아이들은 달빛 우유나 몇 갑의 담배를 훔쳐 달아났다
태어날 때부터 몸에 찍힌 바코드를 지울 수가 없어서
아르바이트는 천직이 되었다

—「편의점의 달」 전반부

「편의점의 달」은 유정남 시의 은유적 상상력과 그 표현적 구조의 양식을 가장 잘 보여주는 작품의 하나이다. 표층과 심층의 은유적 정보를 버무리고 결속한 형식 속에 삶의 가치와 꿈을 잃어버린 시대의 황량한 풍경을 그 특유의 서정성으로 온전히 갈무리한 작품인 것이다. "밤의 뚜껑을 따고 나온 번데기들"이나 "풀어진 넥타이 하나", 그리고 "고치를 열고 나온 나방들"이 표상하는 중의적 은유의 표현 미학은 잠들지 못하는 25시 편의점의 허름한 인간 군상을 여실히 증명해준다.

이 작품에서도 '별'이 상징하는 이미지와 슬픔의 정조情調를 드러내는 '달, 달빛, 달밤'의 이미지를 눈여겨볼 필요가 있다. 궁핍한 시대의 가난한 꿈은 눈물 젖은 별처럼, 멀리서 보면 영롱하다. 황량한 사막과 다를 바 없는, 실업과 궁핍이 정상인 듯한 시대를 다룬 이 텍스트에서 주목되는 시어들은 대개가 부정적이고 어두운 이미지의 어휘들로 시의 주제적 경향과 암담하고 우울한 정서적 분위기를 자아낸다. 그 중 삼각김밥과 둥근 피자는 유정남 시 사상의 중요한 상징적 구조와 연결되는 이미지 기호이다.

시인은 축제보다는 고통을 말하고 인간의 비애적 현실에 촉수를 드리우는 운명적 존재이다. 참담한 비극적 현실을 날카롭게 응시하고 형상화하는 부정否定의 시학은 역설적이게도 시를 읽는 이로 하여금 공감의 울림을 통해 그릇된 세상을 바꾸어야겠다는 의식의 변화를 이끌어낸다. 가난한 골목에 뜨는 달이 둥근 피자로 보이는 세상에 대한 노래는 비극적 아름다움의 파동과 동시에 더 나은 삶의 지평을 꿈꾸게 하는 것이다.

2

> 죽은 태아가 자궁 속에 새겨둔 흉터는 지워지지 않고/ 쓰린 기억들은 혈관 속을 돌고 돌다가/ 이 은밀한 육체의 변방으로 흘러들었다// 어머니의 차가웠던 발도/ 지우지 못한 상처를 안고 살았다는 말인데// 내 발은 서걱거리는 얼음들의 안식처/ 냉기와 바람을 품고 겨울 속을 드나든다// 고온과 저온 사이를 방황하던 젊은 날에 피멍들이/ 희끗희끗한 눈발로 밀려와/ 강줄기에 실린 채/ 차디찬 하류로 흘러가는 밤
>
> —「발에 대한 독백」 부분

유정남 시의 은유적 풍경은 기억의 저변을 흐르는 상처의 기록들이다. '쓰린 기억'들이 환기하는 피멍의 상처들은 시인의 집요한 문체를 따라 응분의 깊이와 치밀성을 띤 작

품으로 피어난다. "쓰린 기억들은 혈관 속을 돌고 돌다가/ 이 은밀한 육체의 변방으로 흘러들었다"라는 표현은 '발'에 대한 시인의 사유가 얼마나 깊은 것인지를, "내 발은 서걱거리는 얼음들의 안식처" 같은 대목은 상처의 기록을 위한 붓끝이 얼마나 감각적인 것인지를 잘 보여준다.

이 처연한 상처의 기억은 온통 시리고 쓰리고 차가운, 지극히 부정적인 언어들로 집적되어 있는데, 끝 행의 "발톱 위에 꽃잎 한 장 그려본다"라는 언술을 통해 긍정적 희망과 애상적 분위기를 동시에 증폭시킨다.

꽃피울 수 없는 고목의 품에 아로새긴
나의 일기들은 습기를 품기 좋았다
내딛는 걸음마다 허방 속으로 빠져들던 지하방
곰팡이꽃이 벽을 타고 올라
햇볕 들지 않는 그늘에 누워 이끼꽃을 꿈꾸었다

—「이끼의 언어는 축축하다」 부분

반복과 차이의 논리를 의식하는 시인은 새로운 시 쓰기가 그리 쉽지 않다는 것을 안다. 「편의점의 달」에서 이미 보았듯, 유정남은 차이나는 시 쓰기를 위해 고통 속으로 투신하여 도발적 상상력과 도저한 사유, 묘사적 문장의 천착에 애쓴 흔적이 역력하다. 「이끼의 언어는 축축하다」는 특이한 발상과 시적 담론의 전개가 시선을 집중시킨다. "깃털들이 내 겨드랑이에서 이끼로 자랐다"라는 첫 시행부터 시인

특유의 은유적 상상력이 당돌하게 발현되고 있기 때문이다. 이 시편에서도 이끼, 헛뿌리, 눈물, 황무지, 습기, 곰팡이꽃, 밑바닥, 그늘, 음지 같은 부정적 시어들이 지배적 자리를 점하며 '깃털'이라는 시어와 대조를 이룬다. 가난과 우울과 음습한 삶의 절망적 상황("꽃피울 수 없는 고목의 품에 아로새긴 나의 일기들")에서 시인은 깃털의 따뜻함과 비상飛翔의 꿈을 포기하지 않는다.

시인은 검푸른 곰팡이로 퀴퀴하고 음침한 지하방의 삶을 깃털이 이끼로 자라고, "햇볕 들지 않는 그늘에 누워 이끼꽃을 꿈꾸었다"라는 경악스러운 시적 논리로 충격한다. 시인은 그 불행과 삶의 고초를 "한 방울의 물로도/ 우주를 품는 이끼의 몸짓" 같은 경이로운 언어로 표현한다. 절망의 끝에서 실낱처럼 우주로 이어진, 깃털 같은 시인의 꿈, 그것을 우리는 시의 끝 행 "이끼들이 내 몸에서 파랑새의 깃털로 피어난다"라는 문장에서 발견하게 된다.

> 멍든 파도가 부서지는 도시의 절벽에 서면 보인다/ 일렁이는 가로수 아래를 헤매는/ 옷자락마다 소금기가 묻어나고/ 유영을 포기한 물고기들은 외곽으로 밀려나 숨을 헐떡인다/ 한번 떠나간 배는 돌아오지 않는데/ 더 좋은 풍경을 차지하기 위해/ 영혼의 동전까지 끌어모으는 사람들/ 어둠의 물결 위에 외로운 꽃등 하나씩을 띄운다
>
> —「바다 풍경 아파트」 후반부

곡선과 둥근 형식을 지향하는 시인은 날카롭고 직선적이며 각진 형태의 문명적 풍경들을 비판적 시각視角으로 바라본다. 한옥과 양옥의 이름으로 살던 우리는 1980년대 이후 본격적으로 자리잡기 시작한 아파트라는 주거공간의 노예가 되기 시작했다. 핵가족 혹은 1인가구 시대와 맞물려 아파트 건설은 한정 없이 확장되고, 아파트가 거주의 개념보다 투자나 투기의 가치로 변질되면서 분양 가격도 폭등에 폭등을 거듭해 왔다. 바다를 이룬 사각형의 건물 사각형의 창문, 그 획일적인 아파트는 “잠을 깨고 보면 망망대해 위에 뜬 섬”의 위태로운 풍경에 다름 아니다. “구름에게 빌려서 산” 거품 가격의 헛바람 과욕의 풍조에 미끄러진 아파트, 현실을 알게 된 때는 “패각 속을 드나드는 물거품”이고, 쏟아져버리는 모래알들이다. 그로 인한 참담한 현상이, 「바다 풍경 아파트」의 후반부에서 진중한 은유적 진술로 표현된 다.

3

직선적이고 각진 형식, 그 기능 위주의 문명을 거부하는 시인은 유소년 시절의 고통과 가난한 꿈을 몇 편의 시에 실어 잔잔한 감동을 불러일으킨다. 그것은 주로 아버지에 대한 추억과 연결되어 나타난다.

> ‘세계의 명시집’ 책갈피 속
> 열다섯 살의 크리스마스 이브가 핑크빛으로 번져 있다
> 거리엔 파도가 출렁이고 서점 안은 섬처럼 고요했다
> 연탄난로 옆 의자에 비스듬히 기대앉은 아버지가

창밖으로 사라져가는 유성들을 멍하니 바라보는 사이
나는 미지의 행간 속으로 녹아들고 있었다
흰 표지에 흑백의 풍경이 선명하던
시집을 품에 안고 돌아오는 밤길은 빙판이었다
밤을 닮은 초코케이크의 어둠은 촛불을 밝혀도 사라지
지 않고
크리스마스 성가가 전해준 몇 알의 사탕들이
혀끝에서 단조로 녹아내리고 있었다
날선 바람에 아버지의 약병은 쓰러지고
나는 얼굴도 모르는 먼 나라의 시몬과 함께
사춘기의 다락방에서 겨울비 울음소리를 들었다

—「크리스마스 선물」 부분

열다섯 소녀 시절, 서점을 함께 들른, 가난한 아버지가 크리스마스 선물로 사준 '세계의 명시집'을 품에 안고 돌아오던 밤길의 기억은 '아버지와의 시간'이라는 그리움의 풍경으로 새겨져 있다. 가난한 날의 행복한 페이지들은 아버지의 죽음으로 얼룩지고, 무지개 꿈이 흔들리기도 했지만, 아버지의 명시집 선물이 소녀 유정남을 장차 시인으로 일으켜 세운 동인이 되었을 터이다. 이런 감상적 언술보다도 강조하고 싶은 것은 아버지의 크리스마스 선물을 주제로 하여 시인이 펼쳐간 텍스트의 온전한 짜임새와 정서적 표현의 완결성이다. "겨울 하늘의 별지기"가 된 아버지의 영혼 아래에서 지켜낸 숙고와 수련의 과정이 얼마나 간절하고 진정한 것이었던가를 이 시는 명징하게 말해준다.

명덕상회 사이다병이 얼어터지는 겨울이 오면/ 바퀴 달린 연못이 통째로 골목에 부려졌다/ 쇠집게에 두 송이, 양손에 네 송이씩/ 연꽃탄을 모시고 구름의 언덕을 오르내리는 아버지/ 언뜻언뜻 연탄으로 보이기도 했다

—「연꽃탄」 부분

「크리스마스 선물」 못지않게 은유적 상상력의 서정적 표현을 절묘하게 형상화한 작품으로 「연꽃탄」을 꼽을 수 있다. 가난한 상회의 아버지는 자전거로 연꽃탄을 배달하셨는데, 그 고된 노동의 모습을 화자는 생생히 기억하여 전언한다. 아버지의 힘든 노고로 가난한 사람들은 따뜻한 온기의 겨울을 난다. 그런 겨울밤의 풍경을,

그런 날 밤중이면 하늘가 불꽃이 하도 환해서
잠자던 마을 사람들은 자기도 모르게
발을 자꾸 이불 밖으로 내밀어 보는 것이었다

라는 시정詩情으로 표현한 시인의 사유와 감각이 빛난다. '연꽃탄'은 화자의 체험적 진실과 결속되어 있는 이미지이지만, 그것을 감칠맛 나는 은유적 구조로 조형해내는 솜씨를 지나쳐서는 안 된다. 시인은 이 연꽃탄의 이미지를 십분 활용하여 "연꽃의 미로", "바퀴 달린 연못이 통째로", "연

꽃향", "연꽃밥과 연탄과 아버지의 구멍"이라는 장면으로 연상聯想의 넓이를 확장해간 것이다. "연꽃은 석탄기에서 왔다"와 "연꽃은 세상에 올 때 연꽃탄이 되었다"라는 시 문장 사이의 미학적 유추는 "어둠 속에 잠자고 있던 꽃씨를 깨워/ 사람들에게 보여주고자 한 이는 석가모니였다/ 부처의 뜻을 눈치챈 씨앗이/ 잎눈 틔워 캄캄함을 밀어올릴 때"에서 이뤄진다. 2,000년 전의 지층에서 발견된 연 씨앗을 지상에다 심은 결과 발아하여 연꽃을 피운 일이 있었다. 그 역사적 사실을 시인은 눈치 빠르게 포착하여 연꽃탄의 이미지 속으로 안아들여 녹여낸 것이다. "잎눈 틔워 캄캄함을 밀어올릴 때"의 복합적 이미지의 창출은 그래서 절묘하다 하지 않을 수 없다.

슬프고도 아름다운 날들의 추억은 「연꽃탄」의 연장선상에 있어 보이는 「아버지의 자전거」에서 거듭 폭발한다. 시인은, 연탄이나 쌀자루를 자전거에 싣고 오르내리는 아버지의 그 힘든 언덕길을 '구름의 언덕'이라는 은유적 표현으로 신(神)의 한 수를 얻는다. 그리고 어린 딸인 화자는 "배달을 마치고 집으로 돌아오는/ 동그란 소리를 기다리며 나는 자랐다"라는 최적의 언어를 얻어낸다. 이 '동그란 소리'가 함축하고 상징하는 복합적 의미는 시인의 고유한 시 사상과도 직결되어 있다.

저녁 찬거리를 사러온 동네 아낙들로 왁자했던 시간이 지나고, "천장에 매달린 삼십 촉 백열등이 상점을 지키는 밤이면/ 아버지는 방바닥에 사탕을 늘어놓고/ 어린 딸에게 산수를 가르치고", 가끔은 스케치북에 그림을 그리다가 아버지의 모습도 그려보는 어린 딸을 지켜보며 빙그레 웃으셨을 것이다. 그것은 말할 수 없는, 그러니까 물질적 가치로는 설명될 수 없고 느낄 수도 없는, 꿈결 같은 행복한 날의 삶이고 추억인 것이다.

세월이 지나며 아버지의 노동도 힘세었던 자전거도 퇴락의 길로 접어든다. 퇴락과 소멸의 쓸쓸한 장면이 가슴을 때린다. 가난하나 값진 노동의 짐자전거 한 대와 운명을 같이했던 아버지의 죽음은 비길 데 없는 슬픔을 안겨주었을 것이다. 그러나 이제 추억의 시간을 소환한 화자는 "자전거 페달을 밟으시던/ 내 스케치북 속의 아버지가/ 무지개 바퀴를 굴리며 구름 너머 노을 길을 달려가고 있었다"라는 담담하고도 아름다운 어조로 완결한다.

상처로 얼룩진 풍경을 형상화해온 시인은 고통스럽고 허름한 현실에 주목한다. 피폐해진 공단동과 청춘들의 빛바랜 꿈을 그린 「공단동의 밤」을 비롯하여 「조개패」, 「갯배」, 「포장마차에서」, 「홀로 야위다」 등등 여러 작품에서 시인은, 상처받고 꿈을 잃은 사람들의 불우한 삶의 풍경을 끌로 조각하듯 새겨나간다. 최소한의 인간적 존엄성도 찾아볼 수 없는, 낮은 곳을 향한 시인의 시선은, 스스로 말했듯 소금 같은 시를 쓰기 위해 기꺼이 밤을 밝히려는 쪽으로 향해 있다.

4

낮은 곳을 향한 따뜻한 시선은 자연을 닮은 심성의 드러

남이다. 자연은 늘 둥긂을 지향하고, 곡선으로 여유로움을 만들어낸다. 일찍이 노자도 '곡즉전曲則全'이라고 했다. 달도 태양도 지구도 둥글고 어느 시인이 읊었듯이 모든 나무도 둥그러진다. 수박도 둥글고, 직박구리 알도 네모나지 않고 둥글다. 생명 있는 것들이나 생명을 품고 있는 것들은 다 둥글거나 둥긂을 지향한다. 인간은 문명화할수록 이런 자연성의 원리를 무시하고 직선과 직선들의 조합인 각진 형식과 직선적 속도를 만들어온 것이다. 유정남 시인은 도처에서 직선과 사각형과 직선적 고속의 기능만능적 문명을 거부하고, 자연스러움과 생명 존중의 형태인 둥근 형식을 강조하여 시 정신의 철학적 의의를 부여한다.

> 사각형 속을 헤매고 다녔다/ 색종이를 접을 수 없었던 봄날에/ 부모님은 서류에 도장을 찍었다/ 창문마다 찬바람이 몰아쳤다/ 시험지 속의 나는 늘 사각으로 접혀 있었다/ 둥글어질 수 없던 날들이 각을 만들며 굳어갔다/ 작은 방을 지우고 큰 방을 그려보던/ 도화지에는 날카로운 얼룩들이 생겼다/ 더 큰 사각을 차지하기 위해 뛰어든 직장에는/ 모서리와 직선뿐이었다/ 탁자에 부딪히고 멍들어 돌아설 때마다/ 내 속에도 절벽을 닮은 각이 자라고 있다는 걸 알았다
>
> —「모서리를 지우다」 전반부

이 시는 시인의 시 사상과 세계관을 압축적으로 보여주

는 작품이라고 할 수 있다. 온기와 부드러움이라고는 찾아볼 수 없는 '모서리와 직선'뿐인 사각형의 틀 속에서는 방황과 냉혹과 추락만이 압도해올 뿐, 자유로운 영혼을 꿈꿀 수 없다. 학교의 시험지에서부터 색종이, 도화지, 부모님의 이혼서류, 방의 구조, 방패연, 직장의 구조까지 모두 규격화된, 모서리와 직선뿐인 사각형이다. 이 경직된 메커니즘은 일상 속에서 우리를 가두어놓는 디지털 텔레비전의 사각형태가 상징적으로 말해준다. 이렇듯 일방적이고 획일적이며 폭력적인 사각형의 패러다임은 마침내 인간의 인식이 "나의 하늘은 늘 사각으로 떠 있었지"라는 지경으로까지 내몬다. 사각이든 삼각이든 모서리를 지우고 나면 온기의 공간, 꿈꿀 수 있는 별이 돋아나는 세상이 될 것이다.

모서리가 없거나 모서리가 지워진 둥그런 형식에 대한 시인의 확고한 사상은 "마실수록 둥그러지는 나무 향기에 취해"(「카페에서 느티나무를 애도하다」), "평퍼짐하고 둥그런 햇살의 온기는 늘 반가웠다"(「길이 버린 벤치」) 같은 표현에서 선명하게 입증된다. 자전거로 연탄 배달을 마치고 돌아오는 아버지의 낌새를 '동그란 소리'로 듣고, 둥근 달과 둥근 달 같은 피자의 이미지를 자주 떠올리는 시인의 정신세계는 우주적 자연과 자연스러운 원리에 입각해 있다.

고속도로 인터체인지는
아스팔트 냄새 진동하는 풍경 속으로
자동차들을 뱉어낸다
새로 뚫린 길 위에 올려진 차들은

도로명도 알지 못한 채 바람 속으로 전력 질주한다

—「하이패스를 지난다」 부분

21세기에 들어 개발된 획기적 물건의 하나는 자동차 내비게이션일 것이다. 차량의 물결로 정체되어 길이 막히든, 막힘없이 휑하니 트이든 내비게이션은 "언제나 가장 빠른 길로 안내"한다. 그것은 고속시대와 맞물려 그 구실이 한껏 위력을 발휘한다. 그리고 무엇보다 직선을 지향하며 건설된 고속도로는 직선적 고속을 부추긴다. 직선은 인공적이고 반자연적인 것이다. 긴장과 경직성이 불가피한 그 고속성은 여지없이 당연한 것으로 자리잡는다. 직선적 고속의 유혹을 뿌리치기 어려운 운전자들은 "바람 속으로 전력 질주하기" 마련이다. 눈발은 총알처럼 밀려 허공 속으로 사라져가고, 가로수들은 그 얼굴 표정, 곧 참된 풍경을 읽을 시간도 없이 한 번의 붓질처럼 휙— 뭉개져버린다.

문명시대에 곡선만을 고집할 수는 없다. 곡선과 직선의 상생적 결합이나 조화를 도출하여 미학적 가치와 기능적 실익의 융합을 이뤄낼 필요가 있을 것이다. 그러나 날이 갈수록 직선적 형식과 직선적 속도는 가속화의 경향으로 치닫고 있다. 우리의 삶은 고속, 초고속 시대의 물결에 불가항력적으로 휩쓸려 행복한 감정과는 상반되게 흘러가고 있는 것이다. 1990년대 미국 영화 〈스피드〉는 액션 스릴러물이지만, 이제 더 이상 돌이킬 수 없는 속도의 시대, 지구라는 버스에 탑승한 인류의 극한적 운명을 암시해준다. 고속은 인간성 상실과 파괴를 일으킨다. 삶의 질이나 행복감을 느끼고 누릴 여유를 주지 않는다. 1980년대에 '느림의 미학'이 한동안 새로운 사회적 화두가 되었던 것도 그 때문이다.

모서리 닳은 지도를 펼쳐놓고
가고 싶은 행성들을 선으로 연결해보던 꿈은
절개지가 되어 잘려나갔다

구름은 쉴 새 없이 새로운 도로를 만들고
실타래로 얽혀 있는 우주의 미로 속에서
나의 별을 운행하지 못하고
낯선 바람을 따라가는 여행길

단말기는 자동으로 생을 인출해가고
나의 차는 하이패스를 지난다

—「하이패스를 지난다」 후반부

직선과 직선적 고속의 파괴력을 시인은 생생하게 담아낸다. 꿈이 잘려나가고, 구름처럼 부풀려지는 문명의식은 끝모를 과속적 욕망의 도로를 만들고, 직선적 고속도의 단말기는 인간이 누릴 행복한 감정의 삶을 자동으로 인출해 가버린다. 시인은 더 늦기 전에 직선적 사고와 직각적 문명에서 벗어나 좀 구부러지고 휘어지며 부드럽고 느린 곡선적 사고와 둥글의 미학을 생존적 지표로 삼자는 희원을 「하이패스를 지난다」를 비롯한 여러 시편에서 암시하고 있는 것이다.

5

직선적 사고와 속도주의에 맞서 느림이나 우회적 사고로 위기 현실에 경고를 보내는 부류는 주로 예술가들이다. 예술가 중에도 문학적 정서와 가장 친밀한 관계를 맺게 되는 화가와 도예가들이 주목된다. 유정남 시인은 특히 화가와 그들의 회화세계를 통해 삶의 시정적詩情的 여유와 위로의 창조적 기제로 삼는다. 시인은, 광기의 화가 반 고흐, 인상파의 대가 모네, 환상적 현실의 화가 샤갈을 비롯해, 드립 페인팅이라는 혁신적 기법으로 회화의 정의를 바꿔놓은, 추상 표현주의 미술의 작가 잭슨 플록, 자신의 그림 파쇄로 미술계를 도발한 거리예술가 뱅크시, 미술계의 질긴 조롱과 멸시를 이겨내고 입체파의 선구적 존재로 평가받은 앙리 루소 등의 인간과 화풍을 놀라운 솜씨로 형상화하여 보여준다.

초대받지 못한 액자는
가장 짙은 웃음거리이자 원시의 눈동자였다
어떤 물감에도 섞이지 않고 자신만의 상상도로 흘러갔다

환상의 풀을 먹고 자라난 얼룩말
평면 덤불을 깨고
아틀리에 뒷골목에 나타나면 아프리카 풀냄새가 났다

—「일요일의 화가 8요일의 시인」 부분

표제시 「일요일의 화가 8요일의 시인」은, 세관직원으로 평일 근무를 해야 하는 형편이어서 일요일에 그림을 그렸다는 프랑스의 화가 앙리 루소(1844~1910)의 예술세계와 화자 자신의 시작 과정 및 행위를 결속시키며 풀어낸 작품이다. 배관공의 아들로 태어난 루소는 어려운 집안 사정으로 법률사무소와 세관원 직원으로 입사하여 일하며, 독학으로 그림 공부를 한 화가이다. 그런 그는 원근법이나 인물의 비율에 신경 쓰지 않은 경향을 보였다. 그 어떤 유파와도 닮지 않은, 환상과 사실이 혼재된 원시림의 모습 등을 그린 루소는 오랫동안 화단의 비꼼과 조소嘲笑의 대상이 되고, 혹평에서 벗어나지 못했다. 자부심과 비아냥 속에 50대에 이르러서야 루소는 피카소, 브라크, 시인 아폴리네르 등의 찬사를 받으며 입체파의 선구적 존재로 평가받게 되었다.

유정남 시인은 역경과 고난, 온갖 비아냥과 조롱과 멸시 속에서도 자신의 꿈을 결코 포기하지 않고 화가로서의 성취를 이뤄낸 앙리 루소의 생애와 개성적 회화세계를 자신의 언어로 반죽하고 번역하여 압축적으로 형상화한 것이다. 19세기의 과학적 문명시대에 정글 속 생명체들의 약동하는 풍경과 원시적 건강성을, 당시 미술계의 금과옥조로 여겨지던 원근법을 타파하며 우직하게 밀고 간 앙리 루소는, 직선과 직선적 고속시대의 인간성 파괴를 비판적으로 바라본 시인의 시 사상에 전격적으로 부합한 예술가였던 셈이다.

일요일의 화가 앙리 루소의 영혼과 무한 상상력을 천착한 유정남 시인은 "일요일 지나 8요일로 와 시를 쓴다"라고 했으니, 8요일은 규범과 경계 밖의 요일로 "뒤집어도 안이 없는 바깥"에 다름 아니다. 시인이 "2차원의 루소가 미술관 빠져나와 귓가에 속삭인다/ 홍, 8요일의 숲에는 여전히 아무도 없군"이라고 한 대목은 원근법을 무시하고 평면적이고 다시점적인 도형의 구도를 잡아 그린 루소의 관점을 나타낸 것으로 보인다. 카테고리 밖의 자유로운 상상으로 건강한 미래를 내다보는 지대인 8요일의 숲에는 직선적 과속의 신문명에 대한 유보적 사상을 견지하는 시인의 뜻이 숨겨져 있다.

경직되고 파괴적인 직선적 사각형적 사고, 행복감이라든가 가치 있는 삶과는 거리가 먼 고속성 문명에서 벗어나 자연의 원리인 곡선과 둥긂과 느림의 생명적 가치를 지향하는 유정남 시인은 또한 도자기 예술, 도예가의 혼불에서 창조적 영감을 얻고, 사상적 교감을 확인한다.

> 발가락 넷 달린 용 한 마리를/ 달빛 침실로 모셔온 것은/ 용띠 아들을 보기 위해서였을까// 불을 끄고 누우면/ 천장 뚫고 구름 일으키며 용이 꿈틀거린다// (중략) // 그가 노니는 도자기의 우윳빛 가슴께가/ 번개에 데인 듯 어두워졌지만/ 페르시아에서 조선까지, 고지도 위를 물들이던/ 코발트 푸른 빛이 살아 있어/ 나의 용은 몇백 년을 살았어도 푸른 용이다
>
> —「청화백자운룡문호」 부분

도자기는 제작 과정에서부터 감상의 순간까지 느림의 철학적 가치가 무엇인지를 증명하는 예술품이다. 그뿐만 아니라 도예는 매체가 다를 뿐 제작 과정과 그 결과물에 이르기까지 문학과 흡사하다. 청화백자의 용 그림은 용이 황제나 왕을 상징하기 때문에 궁궐과 왕실, 혹은 중신 사대부들의 기물이나 의상에 쓰일 수 있었거니와 특히 용의 발톱 수로 신분의 격차를 나타내기도 하였다. 시인은 흙과 불의 만남인 도예작품의 뜨거운 변신과 그 향기로운 미학적 가치를 다각도로 조명해 보여준다. 청화백자운룡문호는 폭풍의 몇 세기를 건너오느라 당대의 이상과 꿈을 잃어버린 채 이제 한낱 관상용에 지나지 않지만, 그 코발트빛 '푸른 용'의 정신적 기상은 새로운 도자예술의 미학적 존재 가치인 '잉태한 여의주의 꿈'으로 작동한다. 청화백자운룡문 항아리 하나를 주제로 이토록 실감나게 형상한 시인의 역량은 곡선적 사고의 유연성과 존재론적 격조의 문제를 안아들이는 사유의 깊이와 무관하지 않을 것이다. 트임기법과 갯벌 도예의 창시로 세계적 도예작가가 된 양승호의 작품세계를 형상한 「트임 찻사발」 역시 곡선적 느림과 기다림의 철학이 함축된 삶의 예술적 경지를 강조한 것이다.

6

일찍이 꿈의 좌절, 꿈을 잃어버린 젊은 날의 상처를 시로 형상한 유정남 시인의 지평을 예술가들의 정신을 천착한 작품들에서 만나보았다. 빵 굽기도 하나의 예술적 경지로 괄목한 시인의 작품 「백운제빵소」는 아마도 유정남 시인의 은유적 상상력이 가장 환상적이고 황홀한 꿈으로 표상된 작품일 것이다. 시인은 이 작품에서 자신이 생각하는 꿈과 유연한 사상을 창조적 개성으로 훌륭히 빚어내었다.

> 흰구름 뜯어먹던 아이는/ 호숫가 주방에서 매일 백운을 굽는다// 오븐은 아침 일찍 태양을 불러와/ 밤새 발효된 꿈이 햇살 속에 부풀어오른다/ 디저트의 시간에 물안개나 노을을 풀어주는 레시피는/ 이 마을 구름에 풍미를 더해왔다
>
> —「백운제빵소」 부분

'백운제빵소'는 경기 의왕시 백운산 자락에 있는 백운호수를 주제로 하여 맑고 아름다운 꿈과 자연의 풍미를 온통 제빵의 논리로 은유한 가편이다. 백운호수 주변은 일찍이 유명 DJ 이종환 카페를 비롯한 찻집과 음식점들이 소풍객을 유인한 운치 있는 곳이었다. 세월이 지나면서 유흥업이 번성한 호반으로 변하였지만, 백운호수를 꿈 많은 제빵사가 구워낸 빵으로 은유하여 부풀리며 그려낸 시인의 상상력과 표현 솜씨가 가히 일품이다.

> 뭍으로 건너온 바다는 폭염 속에 몸을 맡기고 화두를 건진다 갯벌의 수로를 지나올 때는 젊은 날의 부유물들이 등짐처럼 따라왔다 방향도 모른 채 심해를 유영하다 찢어진 지느러미들, 바람을 다그치던 파도의 높이를 잠재우느

라 밤이면 신열을 앓기도 했다 바다의 가장 깊은 곳을 들여다보느라 뼈를 드러낸 어깨의 늙은 염부가 구릿빛 땀방울을 떨군다 수평으로만 이어지는 염전에는 한 뼘의 그늘도 햇볕에 녹고, 쓰라린 언어의 자모들도 갯바람에 묻어 하나씩 증발되어간다 별꽃 뜨고 지는 몇 생을 지나 수면의 흔들림이 모두 사라지면 끝없이 나를 비워내 온 시간의 결정들, 하얗게 풍화된 뼈로 눈물꽃이 되리라 거울 속에 눈부시게 정제된 별들을 쓸어모은다

—「소금꽃」 전문

유정남 시인의 시 정신을 차지하고 있는 중요한 사물적 이미지의 하나는 '소금'이다. 「소금창고」 등에서 드러낸, 희고 눈부신 '소금'은 유정남 시에서 형이상학적 이미지로 변용 심화되어 나타난다.

시인의 시 정신을 상징적으로 보여주는 소금 이미지는 「소금꽃」에서 그 결정적結晶的인 완성을 본다. 의인화된 '바다'를 화자로 한 「소금꽃」은 격정의 바다가 뭍으로 건너와 변신의 공간인 염전에서 생명의 꽃이라 할 소금으로 재생되는 과정을 인간의 실존적 승화의식으로 변용하여 나타낸 작품이다. 시인은 젊은 날의 욕망과 격정의 과정적 고뇌를 염전의 폭염 속에 몸을 맡기기까지 심해와 파고 높은 파도며 갯벌의 수로를 거쳐오는 동안의 상처와 고통으로 집약하여 보여준다. 시인은 늙은 염부가 구릿빛 땀방울을 떨구며 소금에 내장된 바다의 깊은 수심을 가늠하고, 한 뼘의 그

늘마저 녹아내리는 염전의 열도 속에서 쓰라린 시의 언어들이 증발되고 정제되는 소금의 시학에 상도한다. 그것은 "별꽃 뜨고 지는 몇 생을 지나 수면의 흔들림이 모두 사라지면 끝없이 나를 비워내 온 시간의 결정들"이고, "하얗게 풍화된 뼈의 눈물꽃"이며, 염전에 비친 "거울 속에 눈부시게 정제된 별들"이다.

바닷물이 염전에 졸아들고 걸러지는 과정을 통해 눈부신 생명의 꽃으로 피어나듯, 시인의 언어는 끊임없는 단련과 비움의 과정을 통해 존재의 결정체가 되고 눈물꽃이 되는 작시론作詩論의 한 전형을 그려준다. 시인은 「빙하새」에서 "썼다가 지우고 썼다가 다시 지우는 기도/ 직설의 세상에서 반복을 피하는 은유의 날개가 무겁다"라고 썼다. 「소금꽃」은 염전을 배경으로 한, 눈부시게 정제된 소금 같은 언어와 밀도 높은 은유의 문장으로 기다림과 삶의 곡선적 사고를 치밀하게 형상화한 명편이다.

7

유정남 시인은 먼저 기억이 환기하는 청춘시절의 좌절과 상처를 시인 특유의 은유적 상상력과 정밀한 언어로 형상화한다. 꿈을 잃어버린 상실의 시대, 상처 깊은 풍경에 꿈의 지향점인 별을 띄워, 인간의 삶이 결코 잊혀진 꿈이 되지 않게 혼신의 언어를 바친다. 별은 그가 창조한 시 정신이며 꿈의 지향점이다. 궁핍한 시절에서 풍요의 시대를 거쳐오는 사이, 시인은 진정으로 가치 있는 삶이 무엇인가를 고민

하며, 인위적 일변도의 문명과 욕망의 틈바구니에서 낮은 곳을 향한 따뜻한 시선을 보낸다.

시인은 현대의 문명이 저지르는 생명 파괴의 직각적이고 직선적인 속도의 사고를 거부하며, 자연적 생명의 원리인 곡선과 둥긂과 느림의 사상을 완곡히 표방한다. 위태로운 직선적 고속적 사고에 대한 응전으로서 예술 혹은 꿈을 포기하지 않은 예술가들의 부드럽고 느린 곡선적 사고와 둥긂의 미학을 생존 현실의 지표로 내민다. 그리고 기다림과 결정체적 삶의 곡선적 사유를 소금의 정제과정에서 통찰하고, 그의 복합적 은유의 표현미학이, 꿈을 잃어버린 시대의 어둡고 낮은 곳에서 아파하고 슬퍼하는 사람들의 위로를 향한 '별과 소금의 시학'이라는 결정체로 완결됨을 보여준다.

암울한 시대일수록 별은 영롱하다. 별을 향한 시인의 꿈이 소금처럼 정제된 언어의 시로 거듭 승화되기를 기원한다.

현대시세계 시인선 **147**

일요일의 화가 8요일의 시인

지은이_ 유정남
펴낸이_ 조현석
기　획_ 김정수, 우대식
펴낸곳_ 북인
디자인_ 푸른영토

1판 1쇄_ 2023년 05월 10일
출판등록번호_ 313 - 2004 - 000111
주소_ 121 - 842 서울 마포구 서교동 460 - 34, 501호
전화_ 02 - 323 - 7767
팩스_ 02 - 323 - 7845

ISBN 979-11-6512-147-1　　03810

책값은 뒤표지에 있습니다.
저자와 협의 아래 인지를 생략합니다.